DIANA

Das Buch

Barbagia, Ende des 19. Jahrhunderts: Ein besonderes Naturereignis, der rote Regen – Windstürme bringen Regen vermischt mit rotem Wüstensand nach Sardinien – hüllt die Insel in eine geheimnisumwobene Atmosphäre. Zu dieser Zeit begeht ein junger Mann, Filippo Tanchis, im Gefängnis Selbstmord. Filippo war angeklagt, den zwielichtigen Solinas erwürgt zu haben. Man hatte ihn kurz nach dem Mord, verstört, verwirrt und ohne jede Erinnerung, neben der Leiche gefunden. Der Fall scheint eindeutig, der Selbstmord wird als Eingeständnis seiner Schuld gewertet. Nur Avvocato Bustianu, sein Verteidiger, hegt Zweifel. Denn der schmale Filippo war dem kräftigen Solinas körperlich unterlegen. Wie hätte er die Kraft aufbringen können, Solinas zu überwältigen? Auch Filippos eigener Tod wirft Fragen auf. Wie war es möglich, daß er sich beide Pulsadern aufschnitt, ohne den eigenen Körper mit Blut zu beflecken? Vor allem aber spürt Bustianu, dass Filippos Familie etwas zu verheimlichen sucht. Sollte der sensible jüngere Bruder für eine Tat büßen, die er nicht begangen hat? Bei seinen Nachforschungen im Kreise der Familie trifft Bustianu auch die hübsche Clorinda, in die sich der schüchterne Dichter-Anwalt augenblicklich verliebt.

Der Autor

Marcello Fois wurde 1960 in Nuoro auf Sardinien geboren. Der Schriftsteller und Dramatiker lebt heute in Bologna. Fois veröffentlichte acht Romane, bevor ihn die italienische Presse für *Tausend Schritte*, den ersten Roman mit Avvocato Bustianu (62/0134), als den neuen Star des Kriminalromans feierte. *Tausend Schritte* wurde auch mit dem italienisch-amerikanischen Literaturpreis »Premio Zerilli Marimò« ausgezeichnet. *Himmelsblut* ist Avvocato Bustianus zweiter Fall.

Marcello Fois
Himmelsblut

Ein Fall für Avvocato Bustianu

Roman

Aus dem Italienischen
von Petra Kaiser und Peter Klöss

DIANA VERLAG
München Zürich

Diana Taschenbuch Nr. 62/0163

Die Originalausgabe
»Sangue dal cielo«
erschien bei Edizioni Frassinelli

Redaktion: Birgit Groll

Deutsche Erstausgabe 03/2001

Der Diana Verlag ist ein Unternehmen
der Heyne Verlagsgruppe München
Printed in Germany 2001

Umschlagillustration: Isabel Thalmann
Umschlaggestaltung: Hauptmann und Kampa
Werbeagentur, CH-Zug
Satz: Schaber Satz- und Datentechnik, Wels
Druck und Bindung: Elsnerdruck, Berlin
Gedruckt auf chlor- und säurefreiem Papier

ISBN: 3-453-17725-8

http://www.heyne.de

*Die vorliegende Übersetzung
wurde gefördert durch ein Stipendium
der Berliner Senatsverwaltung
für Wissenschaft, Forschung und Kultur*

Es goss wie aus Kübeln. Unerbittlich prasselte der Regen auf den von Sukkulenten überwucherten Granit.

Der Himmel hatte schweres Geschütz aufgefahren und schoss aus allen Rohren. Wie Stahlsplitter explodierten die Tropfen auf den graurosa Felsen und verpufften in einer Dampfwolke aus nadelfeinen Spritzern.

Am vierten Tag waren die Berge, Täler und Hügel rund um Nùoro vollgesogen wie ein nasser Schwamm und weigerten sich, noch mehr Wasser aufzunehmen. Und die Erde stöhnte, nun sei es aber genug, als wäre ein Tag wie zehn gewesen und der vierzigste Tag der Sintflut gekommen.

Am vierzigsten Tag hatten der gute Noah und seine Söhne zwar einsehen müssen, dass das Wasser nur noch mehr Wasser brachte und der Himmel bleischwere Tropfen schleuderte auf verdorrtes Gras, bestellte Felder, wollige Viehrücken, Schilf- und Ziegeldächer, zerklüftete Abhänge, auf Bosheit, Habgier, Unzucht und Neid. Sie wussten aber auch – die Taube mit dem Ölzweig im Schnabel hatte jeden Zweifel zerstreut –, dass an diesem vierzigsten Tag alles vorbei war. Zumindest war das Ende absehbar.

Wie dem auch sei, ob nun vier oder vierzig Tage Sintflut – in jenem November 1899 machte der Himmel über der Barbagia keine Anstalten, seine Schleusen zu schließen.

Und so stürzte das Wasser aus den überquellenden Bergbächen auf die Hochebene hinab und bahnte sich seinen Weg auf die Häuser zu. Wie durchsichtiges Rizinusöl spritzte es in die Gassen und überzog das Pflaster mit einer glänzenden Schicht, gurgelte die ausgetretenen Triften hinab und verwandelte sie in trübe, tosende Sturzbäche.

Nùoro rang nach Luft und drohte zu ertrinken.

Neu entstandene Nebenläufe kamen von San Pietro herunter, ergossen sich in die kaum befestigten Wege, die zur Eisernen Brücke hinunter führten, und verwandelten die Via Majore in einen reißenden Strom.

Das Wasser spülte den Schmutz fort, der sich während der langen Trockenheit in den Mauerritzen festgesetzt hatte. Das Wasser weichte den Putz der Häuser auf, der allmählich immer dunkler wurde, als hätte man eimerweise Farbe darübergegossen. Die wenigen Dachrinnen aus Metall mussten so viel Wasser schlucken, dass sie beinah erstickt wären, und kreischten dabei auf wie Blecheimer, in die man Kieselsteine schüttet.

Wasser, nichts als Wasser. Es sickerte in jede Spalte, verwandelte gepflasterte Straßen in Rutschbahnen und ungepflasterte Gassen in unwegsamen Morast.

Wasser, Wasser, nichts als Wasser. Wie eine Mutter, die ihrem Kind am Morgen die Milch eingießt, füllte es die Mulde von Seùna: reichlich, randvoll.

Den ganzen Sommer hatte das Zirpen der liebestollen Zikaden Wald und Macchia erfüllt, im Oktober dann war es still geworden, nur der Ostwind pfiff durch die Olivenhaine. Und nun dieser hämische November mit seinem Regengetöse, das sich anhörte wie das Zähneklappern der Verdammten am Tag des Jüngsten Gerichts.

Und was für ein Getöse! Kaum auszuhalten. Das Getrommel auf den Dächern setzte sich in Durchgängen und Innenhöfen fort, die unter Wasser standen, weil die Abflüsse überliefen. Nie ausgebesserte Schlaglöcher verwandelten sich in künstliche Seen. Es stank nach Rauch, toten Hunden und triefender Schafwolle. Denn schon am zweiten Tag war der würzige Duft nach Erde verflogen, und nun schien die Luft das ihrige dazu beizutragen, dass ertrunkene Tiere, aufgeweichtes

Fleisch und Gemüse, das so schleimig war wie Algen, noch schneller verfaulten.

Der Weg nach Hause führte durch eine mit glitschigen Kieseln gepflasterte Gasse, ein riesiger Friedhof für Schildkröten, deren Panzer sich unter den violetten Gewitterwolken dunkelrot einfärbten. Wie Eingeweide sahen sie aus, wie in festgeklopfte Erde eingelassene Rindernieren.

Meine eingefetteten Schuhe taten ihr Bestes, um den Attacken der Sturmböen zu widerstehen, und das Klappern der beschlagenen Sohlen hörte sich an, als trottete da ein alter Gaul, der sich nach seinem Stall oder wenigstens nach einem Dach sehnt.

Raimonda erwartete mich an der Tür.

»Bustià, du hast Besuch«, flüsterte sie mir zu, während sie mir half, die Regenhaut auszuziehen, die früher einmal, vor einer Ewigkeit, zu meiner militärischen Ausrüstung gehört hatte.

Wer denn?, fragte ich mit einer stummen Geste.

Meine Mutter reckte sich bis auf wenige Millimeter an mein Ohr. »Franceschina Pattusi«, raunte sie. »Sie sagt, du wüsstest Bescheid … Diese Leute in meinem Haus.« Sie seufzte.

»Ach ja, stimmt, das hatte ich ganz vergessen, Pascale Dessanai hat sie zu mir geschickt. Wartet sie schon lange?«

Raimonda zuckte die Schultern. »Zehn Minuten«, sagte sie.

»Ich bin nass bis auf die Haut. Sagt ihr, sie soll warten, bis ich mich umgezogen habe.«

Die Frau war um die Vierzig, runzlig wie eine Wurzel. Hässlich, aber nicht ohne Würde. Als ich mein Arbeitszimmer betrat, stand sie auf und streckte mir, bevor ich irgend etwas sagen konnte, ein zweifach gefaltetes Papier entgegen, das sie fest umklammert hielt. Ich setzte mich an den Schreibtisch und faltete das Blatt in aller Ruhe auseinander. Dann erst forderte ich sie auf, ebenfalls Platz zu nehmen. Sie gehorchte und setzte sich auf den Stuhl gegenüber, ganz vorn auf die Kante.

Ich überflog das Schreiben. »Das ist die Zustellung eines Urteils«, erklärte ich. »Man hat Euch wegen Beihilfe zur Flucht verurteilt. Ihr sollt einem gewissen Filippo Tanchis geholfen haben, der in Untersuchungshaft sitzt und so weiter, Ihr wisst ja Bescheid. Man hat Euch nur auf freiem Fuß gelassen, weil Ihr nicht vorbestraft seid und weil niemand daran zweifelt, dass Ihr in gutem Glauben gehandelt habt ...«

»Verurteilt?«, unterbrach mich die Frau.

»Ja, Ihr habt versucht, dem Tanchis verbotene Gegenstände zukommen zu lassen, oder etwa nicht? Überlegt mal: Was war in dem Korb, den Ihr ins Gefängnis gebracht habt?«

Die Frau sah mich an, als hinge von ihrer Antwort das Schicksal der Welt ab. »Fleisch, Brot, Käse, zwei Apfelsinen ... Etwas zu essen, Avvocato, denn bloß mit dem, was er im Gefängnis bekommt ...«

»Fleisch, Brot, Käse, zwei Apfelsinen ... Sonst nichts? Seid Ihr sicher?«

Die Frau schüttelte den Kopf, als hätte sie schon genug nachgedacht.

»Gute Frau!«, platzte ich heraus. »Erstens dürft Ihr ohne Erlaubnis gar kein Essen ins Gefängnis bringen. Zweitens steht es hier schwarz auf weiß«, sagte ich und deutete mit dem Zeigefinger auf die Zustellurkunde. »In dem Korb war auch ein Messer!«

Die Frau zuckte die Schultern, als müsste sie lachen. »Ach das, Avvocato, ein Messerchen für Kinder, so niedlich klein ... Um den Käse in Stücke zu schneiden. Wie hätte er den sonst essen sollen? Sollte er vielleicht abbeißen?«

»Aber gute Frau, das Messer hättet Ihr angeben müssen, als man Euch fragte, was in dem Korb war!«

»Sie haben doch nur nach dem Essen gefragt, von Messern war gar nicht die Rede, danach hat keiner gefragt! Woher sollte ich das denn wissen?«

»Meinetwegen, aber das nächste Mal, wenn Ihr Eurem Sohn etwas zu essen bringt, dann solltet Ihr die Mätzchen lieber lassen. Jetzt wisst Ihr ja, dass es Kontrollen gibt.«

»Kontrollen, Kontrollen, die kontrollieren doch, wen sie wollen ...«

»Seid froh, dass man Euch die gute Absicht geglaubt hat. Diesmal kommt Ihr noch mit einer Geldstrafe davon, aber beim nächsten Mal könnt Ihr Euch nicht mehr so leicht herausreden. Dann kommt bloß nicht zu mir, um Euch zu beschweren.«

Die Frau strich sich die Schürze glatt, um Zeit zu gewinnen. Dann sah sie mir in die Augen. »Eine ... was?«, fragte sie argwöhnisch.

»Eine Geldstrafe«, stöhnte ich auf. »Eine Ordnungsstrafe, ein Bußgeld ... Geld, gute Frau!« Ich gab's auf. »Fünf Lire Geldstrafe!«

»Fünf Lire«, murmelte sie vor sich hin.

»Ja genau, und damit seid Ihr noch gut bedient, zum Glück ist Maresciallo Poli ein verständnisvoller Mensch ...«

»Aber Avvocato, wir hatten noch nie mit der Justiz zu tun, wir wussten doch gar nicht, was das ist! Was denkt Ihr denn von uns? Glaubt Ihr etwa, dass wir im Gefängnis aus- und eingehen, oder im Gericht und bei den Anwälten? Filippo, der ist nur deshalb in der Rotonda, weil man den Falschen erwischt hat.

Es gibt keinen ehrlicheren Jungen als ihn, und das sage ich nicht nur so daher. Er ist nämlich gar nicht mein Sohn. Ihr könnt jeden fragen, ob Filippo Tanchis jemals Ärger gemacht hat. Fragt nur!«

»Gute Frau, nur deshalb kommt Ihr so billig davon, denn bei Verdacht auf Schlimmeres wäret Ihr und Euer …«

»Neffe, Avvocato! Sohn meiner Schwester, Gott hab sie selig … Die Ärmste, sie hatte es wirklich nicht leicht im Leben.«

»Schon gut. Auf Knien solltet Ihr der Jungfrau danken, denn hätte man Euch ernsthaft verdächtigt, hätte man wirklich geglaubt, dass Ihr ihm zur Flucht verhelfen wolltet, dann würdet Ihr jetzt mit Eurem Neffen unter einem Dach schlafen! Bezahlt die Geldstrafe und macht Euch keine Sorgen. Wenn Euer Neffe nichts verbrochen hat, dann ist er im Handumdrehen wieder raus aus dem Gefängnis.«

»Und was soll ich jetzt machen?«, fragte die Frau und machte keine Anstalten aufzustehen.

»Geht nach Hause und überlasst die Sache den Ordnungshütern …«

»Dann sehen wir aber alt aus, Avvocato. Ordensbrüder haben wir keine, weder Mönche noch Äbte …«

»Ordnungshüter, gute Frau, Ord-nungs-hüter! Wer hat denn etwas von Geistlichen gesagt? Ich rede von der Staatsgewalt, dem Richter … Verstanden?«

»Dann sehen wir erst recht alt aus, wenn wir auf die Ord-nungs-hü-ter warten wollen … Für uns hütet keiner die Ordnung, wir sind arme Leute … Als der Mann meiner Schwester krank wurde, da hat es keine drei Monate gedauert, bis er gestorben ist, Gott hab ihn selig … Ja ja, als Filippos Vater krank wurde, hieß es, wir sollten die Ärzte machen lassen … Wir haben sie machen lassen: Aderlass, Quacksalbereien, mehr haben sie auch nicht gemacht, wir hatten wenig Geld und mussten damit zufrieden sein … Statt besser ging es ihm immer schlechter, abgemagert war er bis auf die Knochen … Und der Herr Doktor, Avvocato, was hat der Herr Doktor gesagt? … Da wäre nichts mehr zu machen, hat er gesagt, der Patient wäre todkrank, wir könnten nur noch darauf warten, dass er stirbt. Als wenn wir das nicht von Anfang an gewusst hätten! Und meine Schwester, die vom Leben nichts gehabt hat, sie hat sich aufgeopfert wie eine Märtyrerin, nicht eine Minute ist sie vom Bett ihres Mannes, oder dem, was von ihm übrig war, gewichen. Jedes Mal, wenn sie ihn wieder atmen hörte, brach es ihr fast das Herz, und sie flehte ihn an: ›Stirb doch … stirb, mein Schatz … stirb doch … gute Seele, stirb …‹ Wir hängen eben am Leben, wir klammern uns daran wie an ein Seil, deshalb flehte sie ihn an, dass er doch endlich loslassen sollte … Mein Gott! Sie wollte ihn doch nicht loswerden, sie wollte nur, dass sein Leiden ein Ende hatte … Sie hat dann auch nicht gezögert, ihm zu folgen: nur drei Monate später, Avvocato … Und plötzlich stand ich mit drei Söhnen da, denn für mich sind die Söhne meiner Schwester wie meine eigenen, drei gute Söhne, Avvocato, ich habe alles getan, was ich konnte, ich habe nie geheiratet … Und? Was nun?«

»Was nun?«

»Übernehmt Ihr Filippos Verteidigung?«

»Wie kommt Ihr denn darauf? Soweit ich weiß, hat Euer … Neffe schon einen Verteidiger …«

»Nun ja, einen Verteidiger schon, Avvocato … Aber ich habe mit Pascale Dessanai gesprochen, den kennt Ihr ja …«

»Sicher, der Gerichtsschreiber.«

»Genau, wir sind mütterlicherseits verwandt. Seine Mutter ist eine Cousine ersten Grades meiner seligen Mutter. Er hat zu mir gesagt …«

»Was hat er Euch gesagt?«

»Wenn es einer schafft, Filippo aus dem Gefängnis zu holen, dann Ihr.«

»Warum habt Ihr nicht gleich gesagt, dass

Ihr darauf hinaus wollt, dann hätten wir uns eine Menge Zeit sparen können. Wer verteidigt Euren Neffen?«

»Avvocato Marongiu.«

»Und? Was wollt Ihr mehr?«

»Wir wollen Euch, Avvocato … Drei Monate sitzt Filippo schon im Gefängnis, und bis jetzt hat sich nichts getan … Nur Geld und Papierkram …«

»Ja und? Glaubt Ihr etwa, dass ich mehr erreichen kann? Giovannino Marongiu ist ein ausgezeichneter Anwalt.«

»Ja, ja, Avvocato, aber er ist nicht wie Ihr. Das weiß doch jedes Kind, dass Ihr einen armen Teufel im Gefängnis nicht im Stich lasst.«

»Ich kann nicht. Das ist mein voller Ernst. Im Augenblick habe ich zu viele Fälle, man kann nicht alles übernehmen.«

Ich hatte einen Traum. Ich träumte, dass ich mitten in der Nacht aufwachte.

Und im Traum verspürte ich den Wunsch aufzustehen.

Denn das Bett war wie ein Nadelkissen.

Deshalb der Wunsch aufzustehen, sich in die weiche Dunkelheit zu hüllen, diese pechschwarze Masse, die sich auf die Möbel in meinem Zimmer legte, die sich an den Körper schmiegte und seinen Bewegungen nachgab.

In diesem Traum war alles dunkel, sogar die helle Wolldecke auf meinem Bett.

Als Kind hatte ich mich, bevor ich die Augen schloss, oft gefragt, wie viele Schafe man für diese Bettdecke geschoren hatte. Ich fragte mich, ob zwei, drei, vier Tiere ihre Wolle lassen mussten, damit ich es warm hatte, oder eine ganze Herde.

In diesem Traum stand ich auf und erahnte die Dinge, ohne sie zu sehen; mit weit aufgerissenen Augen versuchte ich, dieses vollkommene Nichts zu durchdringen.

Die Schatten, dunkler als die Dunkelheit um sie herum, waren dort, wo sie immer gewesen waren.

Da stand Großvater Gungui, klein und dürr wie ein geschälter, polierter Wacholderstamm mit abgerundeten Aststümpfen, an denen man Flaschen zum Abtropfen aufsteckte oder getrocknete Kürbisse, Taschen und Gewehre aufhängte.

Auch Urgroßvater Gungui stand da, mit seinen weißen Haaren, die ihm bis auf die Schultern fielen, dem viereckigen Bart, der bis auf die Brust reichte, und einem Patronengurt um die Taille. Sein Gesicht war wie aus Stein gemeißelt, die Lippen verschwanden im weißgelben Gestrüpp des Schnurrbarts. Auch er, der Urgroßvater, war nicht gerade groß, dabei hatte er einiges überstanden, was selbst einen Riesen umgehauen hätte. Er war nämlich vom Blitz getroffen worden und hatte überlebt, obwohl der Blitz durch seinen ganzen Körper gefahren war, vom Scheitel bis zu den Zehenspitzen. Diese Sache, die mit dem Blitz meine ich, endete damit, dass dichter beißender Rauch aus seinen Kleidern und den versengten Haarspitzen hervorquoll. Und wenn einer zu ihm sagte: »Bantò, der Blitz soll dich treffen«, dann entgegnete er nur: »Dich soll er zwei Mal treffen, ich habe mein Fett schon weg.«

Solange ich mich erinnern kann, war der Urgroßvater immer der Erste, der das Wort ergriff. Das war eine Frage des Alters und des Respekts: Schließlich war er noch im letzten, dem strahlenden achtzehnten Jahrhundert geboren.

Und?, pflegte er zu fragen, ohne den Mund aufzumachen.

Ich zuckte dann die Schultern. Das habe ich als Kind so gemacht und das mache ich auch heute noch, als Erwachsener. Was das heißen sollte? Dieses Achselzucken konnte vieles bedeuten: ich habe Durst, ich habe Hunger, ich kann nicht schlafen. All das konnte es bedeuten. »Mir geht's gut, und Euch?« So die übliche Antwort, die übliche Gegenfrage.

Urgroßvater lächelte, er hatte nur noch die Schneidezähne im Mund. »So, so, das sieht aber gar nicht danach aus«, neckte er mich.

Er hatte Recht, eigentlich ging es mir überhaupt nicht gut. Ich hatte einfach zu viel zu tun.

»Lass ihn in Ruhe!«, wandte sich Großvater Gungui an seinen Vater. Mein Großvater war immer streng zu seinen Kindern und nachgiebig, zu nachgiebig, wie meine Mutter meinte, zu seinen Enkeln. Schließlich waren sie Fleisch von seinem Fleisch, Blut von seinem Blut, sie waren der Beweis dafür, dass das Leben weiterging, sie gaben den Namen weiter und bildeten einen neuen starken Ast im Stammbaum der Familie …

Mein Großvater sah genauso aus, wie ich ihn in Erinnerung hatte, wie ich ihn als Kind gesehen hatte: wie aus dem Ei gepellt, zum Anbeißen, und so mit Soda geschrubbt, dass seine Haut gar nicht aussah wie die eines Toten.

Großvater und Urgroßvater väterlicherseits ließen sich nicht blicken, sie hatten sich nie blicken lassen, sie waren abwesend. Wahrscheinlich lag es an meiner Mutter, denn zur Verwandtschaft ihres Mannes, meines Vaters also, hatte sie immer Distanz gewahrt. Als Schwiegertochter war sie zuvorkommend, das schon, bisweilen sogar allzu freundlich. Aber man weiß ja, wie das ist. Wenn ein Mann heiratet und das Haus verlässt, verliert die Familie des Bräutigams einen Sohn, und die Familie der Braut bekommt einen dazu.

Es war der Regen, der mich träumen ließ, ich wäre aufgewacht und aufgestanden, hätte mich durch mein Zimmer getastet, um unten in der Küche etwas zu trinken.

Die erste Stufe knarrte. Im Traum saß dort mein Vater: »Viel zu früh bin ich von euch gegangen. Fast hätte ich nicht mehr erlebt, wie du laufen gelernt hast«, sagte er. Dann senkte er den Kopf und zog die Schultern hoch. »Trotzdem, ich beschwere mich nicht, ich habe mir nichts vorzuwerfen, denn Gott sei Dank fehlt es euch an nichts, dir, deinem Bruder und deiner Mutter.«

»Ja, uns fehlt es an nichts, aber Ihr habt Recht, Ihr seid viel zu früh gegangen …« Es schnürte mir die Kehle zu.

So setzte ich mich neben ihn auf die Treppenstufe, auch wenn ich nicht wusste, was ich ihm erzählen sollte. So war es immer, wir saßen einfach da und sahen uns an.

Aber diesmal, im Schutz der Dunkelheit, unterhielten wir uns angeregt. Wir sprachen über all das, was wir uns nie hatten sagen können und was wir uns vielleicht auch nie gesagt hätten, selbst wenn wir Gelegenheit dazu gehabt hätten.

In dieser Nacht bat ich ihn um Rat. »Was soll ich tun?«, fragte ich. »Wie soll ich mich in dieser Sache verhalten?«

»Wie immer, wie du es bisher gemacht hast«, sagte mein Vater. »Du musst das tun, was du für richtig hältst.«

»Wenn ich danach ginge, dann müsste ich die Finger davon lassen, denn eigentlich geht mich dieser Tanchis gar nichts an … aber …«

»Aber die Sache leuchtet dir nicht ein …«

In meinem Traum schüttelte ich den Kopf, doch eigentlich meinte ich ja, die Sache wollte mir kein bisschen einleuchten. »Er ist noch keine zwanzig«, sagte ich mit einer Stimme, die vielleicht gar nicht meine war. »Er soll einen gewissen Solinas ermordet haben, in Istiritta. Aber er ist eine halbe Portion, in der Gefängniskartei steht, dass er einen Meter dreiundfünfzig groß ist und siebenundvierzig Kilo wiegt. Und dass er es auf der Lunge hat …«

»Hmm, und weiter?«

»Dieser Solinas wog siebzig Kilo und war eins sechzig. Und er wurde erwürgt.«

Mein Vater wurde nachdenklich. »Kein Messer, kein Gewehr, keine Pistole?«, fragte er nach einer Weile.

»Nichts. Er wurde erwürgt, mit bloßen Händen.« Ich wartete auf seinen Kommentar.

Kurzes Schweigen, dann sagte er schließlich: »Merkwürdig. Du solltest einen Arzt fragen, es gibt Krankheiten, Geisteskrankheiten, da wird der harmloseste Mensch zur Bestie, wenn er einen Anfall hat. Das spielt sich alles im Kopf ab, sehen kann man nichts: einer wirkt ganz normal, plötzlich spielt sein Hirn verrückt, und dann Gute Nacht …«

»Ein Arzt …«, notierte ich mir im Geist.

Plötzlich, ohne Vorankündigung, wurde es wieder dunkel in meinem Traum, und alle meine Schatten waren verschwunden.

War es das Trommeln des Regens, das aus weiter Ferne meinen Namen rief, oder war es die Stimme meines Vaters?

»Bustianu … Bustianu …«

»Bustià!«

Als ich die Augen aufschlug, schwirrte mir der Kopf. »Ein Arzt …«, murmelte ich, noch bevor ich endgültig in die Wirklichkeit zurückgekehrt war.

»Was hast du? Bist du krank?« Vor mir stand meine Mutter. Ihr immer noch pechschwarzes Haar war zu einem Zopf geflochten, der ihr von den Schultern bis zur Hüfte reichte und sich über den groben Stoff des Nachthemds ringelte wie eine Schlange. Sie sah aus wie die Schlangenbeschwörerin, die ich vor Jahren auf einem Zirkusplakat gesehen habe. Eine indische Schlangenbeschwörerin, die mit einem wollenen Tuch ihre Schultern bedeckte. »Bustià, geh ins Bett, es ist spät!«, lächelte sie spöttisch, ihre anfängliche Besorgnis war gewichen.

»Ich bin eingeschlafen«, gab ich notgedrungen zu, während ich mir die Augen rieb. »Ich wollte diese Akte lesen, und dabei bin ich wohl eingeschlafen«, sagte ich noch einmal, eher zu mir selbst als zu ihr. »Legt Euch ruhig wieder hin, ich gehe jetzt auch ins Bett.«

»Der Schlaf ist so kostbar wie das Essen, mein Sohn.«

»Und wer nachts schlecht schläft, ist am Tag nichts wert«, beendete ich, vielleicht ein wenig zu gereizt, den Satz.

»Mach nur so weiter«, erwiderte sie eingeschnappt. »Mach doch, was du willst, alt genug bist du ja, ich brauche dir nicht zu sagen, was du zu tun hast.«

Was ich zu tun hatte? Ich musste ins Bett, obwohl mir klar war, dass ich jetzt bestimmt kein Auge mehr zu tun würde.

Der Regen schien nachgelassen zu haben, vielleicht hatte sich aber auch nur mein Gehör an das unaufhörliche Trommeln gegen die Fensterläden gewöhnt.

Doch nein. In meinem Zimmer musste ich feststellen, dass der Regen keinen Deut nachgelassen hatte. Ich spürte, wie er durch die Dachfugen eindrang und sich in der Zimmerdecke breitmachte. Ein unerwünschter Gast, der mir die Illusion des Schlafes raubte und die nahe Zukunft verdüsterte. Denn in wenigen Stunden, Regen hin, Regen her, musste ich ins Gericht: zuerst eine Verhandlung, dann die Antrittsrede des neu ernannten Staatsanwalts und schließlich die Sprechstunde für meine Mandanten und deren Angehörige.

Und dann war da noch … der Arzt.

Rasch stellte ich eine Liste mit Ärzten zusammen, die dafür in Frage kämen. Ich blätterte in einem Stapel Notizen: Sachverständige, Sachverständige. Ah, da war sie ja, die Sache Maria Moledda … Professor Priamo Puligheddu. Ich entschied mich für Puligheddu. Wenn der sich damit nicht auskannte … Professor Puligheddu aus Oliena, ein anerkannter Spezialist für Geisteskrankheiten. Den würde ich um ein Treffen bitten, am nächsten Morgen um elf.

»Gleich Morgen früh schicke ich als erstes einen Gerichtsdiener in seine Praxis und bitte ihn um einen Termin«, sagte ich zu mir selbst.

Draußen lachte und stammelte die Nacht, und der Mond, von einem Trauerflor aus Wolken verhüllt, amüsierte sich heimlich. Schön wie immer, vielleicht schöner denn je, war er ganz für sich, niemand, der ihn anhimmelte, der von ihm träumte, ihn verfluchte, besang oder liebte.

Da setzte ich mich an den Schreibtisch, doch so sehr die Feder auch über das Blatt kratzte, es kam nichts Gutes dabei heraus: Verse ohne Herz, wie von einem Jüngling, dessen Seele williger ist als die Hand und dessen Gedanken zu flüchtig sind für die Feder.

Von Tränen und Erinnerung, von all dem sinnlosen Zeug, das ich geschrieben hatte, beschloss ich, nur diese eine Zeile aufzubewahren. Von Tränen und Erinnerung: vielleicht würde daraus der Anfang einer Ode, oder ihr Schluss, vielleicht auch nur eine beiläufige, effektvolle Wendung zwischen anderen Zeilen.

Erinnerungen, die gab es, eine für alle. Wenn ich als Kind nicht gehorchte, sagte meine Mutter, im Himmel würde ein Engel weinen. Tränen gab es also auch. Erinnerung und Tränen. Und damit schloss sich der Kreis …

Mit sechs Schlägen verkündete die Pendeluhr auf der Kommode, dass der Tag anbrach.

Der mühsam dämmernde Morgen flüsterte, dass der Wind gedreht hatte.

Tock. Nun fiel rötlicher Regen vom Himmel, rostfarben wie das Wasser aus dem Trog, in den der Schmied das glühende Eisen taucht.

Tock. Nun war die Erde Grütze aus zermanschten Kirschen, und jeder Gläubige hätte gut daran getan, mit seinem Gott ins Reine zu kommen. Denn nicht das Ende der Sintflut, der letzte Tag der Menschheit war gekommen!

Tock. Bis zu den Knöcheln watete ich in Blut, ein haltloses Rutschen, und während ich mühsam vorwärtskam, legten sich die Wolken wie Schleier um die Berge und verzierten die Hügel mit weißen Tupfern, wie Sahne auf einem Stück Torte.

Tock. Und die Sonne tropfte: Eine rote Masse, zähflüssig wie Erdbeersirup, fiel auf dieses blendende Weiß herab. Die Luft roch nach Rost und Fäulnis.

Tock. Nirgends konnte man sich abstützen, die Wände schwitzten.

Tock. Aus den Gullys quoll Blut. Blut von oben. Blut von unten …

Ich schlug die Augen auf. Mit einem Ruck setzte ich mich auf.

Als erstes ging ich ans Fenster und öffnete die Läden.

Es regnete.

»Ich hatte eine seltsame Vision«, sagte Raimonda an diesem Morgen, als sie mir die

Milch in die Tasse goss. »Ich war dabei, Insekten aus einem Schälchen Oregano zu entfernen. Schwarze, vertrocknete Insekten. Mühsam versuchte ich mit einem Löffel, das tote Ungeziefer von den Kräutern zu trennen. Als ich dann am Boden herumkratzte, regte sich plötzlich eine Bienenkönigin, ein unglaublicher Brummer, den Bauch voller Eier … Was das wohl bedeuten soll …«

»Ich habe auch nicht gut geschlafen. Auch ich habe schwer geträumt«, sagte ich und musterte die Kette aus durchsichtigen Perlen, die sich auf der Milch gebildet hatte.

»Bei Regen hast du nie gut geschlafen, schon als Kind nicht … hm … Diese Vision muss ich Juannicca erzählen …«

»Genau, der Regen macht mich unruhig. Ich habe von Großvater und Urgroßvater Gungui geträumt … Und von einem roten Regen …«

Raimonda lächelte zärtlich. »So so, Großvater und Urgroßvater, merkwürdig, wo du deinen Großvater und deinen Urgroßvater kaum gekannt hast …«

»Doch, doch, an Großvater kann ich mich erinnern, und Urgroßvater war der Kleine, der vom Blitz getroffen wurde.«

Raimonda schüttelte den Kopf. »Ach, die Geschichte mit dem Blitz, die machte damals die Runde, aber wer weiß, ich habe nie daran geglaubt.«

»Außerdem habe ich von Vater geträumt … Manchmal träume ich von ihm … Er sitzt immer auf der obersten Treppenstufe, er sieht aus wie auf der Photographie …« Die Unterlippe meiner Mutter zitterte. »Ich konnte es gar nicht erwarten, bis es endlich Tag wurde«, fügte ich hinzu.

»Tag?« Raimonda versuchte es mit Ironie, um das Thema zu wechseln. »Wenn die Uhr nicht wäre, würde ich nicht glauben, dass es schon Tag ist.« Dann verstummte sie und schaute weg. »Du warst erst fünf, als dein Vater starb. Ach, Bustià, wie lieb er dich hatte«, verriet sie sich. Sie schniefte kurz, dann, als würde sie den Gedanken abschütteln, hatte sie sich wieder in der Gewalt. »Nimm heute den Schirm mit, draußen sieht es gar nicht gut aus.«

»Früher oder später hört es schon auf«, sagte ich nur. »Heute Vormittag habe ich so viel zu tun, dass ich gar nicht weiß, wo ich anfangen soll …«

Ein leichter Wind war aufgekommen, der Regen trommelte gegen die Scheiben wie zum Morgengruß. Der Himmel glich einer Wiese, die über unseren Köpfen gemäht wurde, es regnete Heubündel.

Ich setzte den großen Filzhut auf und nahm den Regenschirm. Und schon wandelte ich auf den Fluten wie ein Zuckerwarenverkäufer über den See Genezareth …

8.10 Uhr

Nicht einmal den Umhang zog ich aus. Als ich im Gericht ankam, schnappte ich mir den erstbesten Gerichtsdiener und schickte ihn zu Puligheddu in die Praxis oder, falls er noch nicht in der Praxis war, zu ihm nach Hause: eine Sache von höchster Dringlichkeit. Dreimal sagte ich dem Gerichtsdiener die Nachricht vor. Aber als er sie wiederholen sollte, machte er dreimal hintereinander alles falsch. Schließlich entschied ich mich für eine schriftliche Mitteilung. Der Gerichtsdiener wartete stehend, bis ich zu Ende geschrieben hatte: *Sehr geehrter Herr Professor, in einer äußerst dringenden Angelegenheit wage ich es, Sie zu belästigen und für heute vormittag elf Uhr um eine Unterredung unter vier Augen im Café Tettamanzi zu bitten. Falls Sie verhindert sein sollten, bitte ich Sie, mir dies in einem Brief, den Sie bitte dem Überbringer meines Schreibens mitgeben möchten, mitzuteilen und mir Ort und Zeit für einen anderen Termin zu nennen, der sich mit Ihren Verpflichtungen besser vereinbaren lässt. Falls ich nichts Gegenteiliges von Ihnen höre, erlaube ich mir, das Treffen für bestätigt zu halten.*

Hochachtungsvoll ... Ich unterschrieb, pustete die Tinte trocken, faltete das Blatt und übergab es dem Gerichtsdiener.

8.23 Uhr

Als ich gerade mein Büro verließ, um mich in den Gerichtssaal zu begeben, traf ich Giovannino Marongiu. Sein offenes, von einem kohlrabenschwarzen Bart gerahmtes Gesicht hellte sich auf, als er mich sah. »Komm, ich geb einen aus«, sagte er. Ich erwiderte, ich könne nicht, liebend gern würde ich einen Kaffee trinken, ich hätte nämlich schlecht geschlafen und so weiter und so fort. Er schlafe bei dem Regen wie ein Baby, entgegnete er, schön eingemummelt, im Warmen, an seine Frau geschmiegt: »Mehr brauche ich dir wohl nicht zu sagen.« Nein, das war nicht nötig, ich hatte sehr gut verstanden. Ich sei in Eile, sagte ich, müsse aber dringend mit ihm über einen Mandanten reden. Er wisse schon Bescheid, sagte er, Franceschina Pattusi, Filippo Tanchis und so weiter. Der Fall sei aussichtslos. Die Beweise sprächen gegen den jungen Mann. Man habe die Uhr des Opfers bei ihm gefunden, und außerdem könne er nicht sagen, wo er zur Tatzeit gewesen sei. Er müsse sich schuldig bekennen und auf die Milde des Gerichts vertrauen. Ich fragte

Marongiu, ob es ihm nicht merkwürdig vorkomme, dass ein schmächtiges Jüngelchen einen Mann von der Statur des Solinas mit bloßen Händen überwältigt haben sollte. Sein Gesicht wurde plötzlich ernst, darüber habe er nicht nachgedacht, gab er zu. Während wir miteinander sprachen, waren wir den Korridor entlanggeeilt und standen nun vor dem Gerichtssaal. Mich beschlich ein leichtes Unbehagen. Ich kam mir vor wie ein junger Bursche, der den anderen um sein Pferd oder sein Gewehr beneidet. Ich schlug vor, das Gespräch beim Mittagessen im San Giovanni fortzusetzen. Marongiu war einverstanden.

8.30 Uhr

Ich schleppte mich dahin, als hätten sich die dunklen Regenwolken, die seit fünf Tagen unsere armen Körper malträtierten, auf meine Schultern gesenkt wie ein bleierner Deckel.

Im Schwurgericht verhandelte man den Fall eines Schäfers, dem vorgeworfen wurde, er habe im Streit um die Gemarkungsgrenze einen Nachbarn ermordet und die Leiche verschwinden lassen.

Staatsanwalt Ernesto Calvisi war blendend in Form, offenbar schlief auch er bei diesem Regen ganz ausgezeichnet:

»Meine Herren Geschworenen! Sie sind hier,

um diesen Mann zu richten! Wir werden darlegen, dass sich hinter diesem Schwächling, der seinen Sarkasmus durch eine Leidensmiene zu tarnen sucht, ein Mensch verbirgt, der der menschlichen Gemeinschaft nicht mehr würdig ist. Wir haben eindeutige Beweise für seine Schuld. Makabre Beweisstücke: Gebissreste, Knochensplitter, bei denen Doktor Camboni aufgrund seiner unumstrittenen Erfahrung als Gerichtsmediziner zweifelsfrei festgestellt hat, dass sie von dem armen Bachisio Lunas stammen, der vor gut drei Monaten verschwunden ist. Außerdem haben wir Zeugen präsentiert, deren Aussagen das verwerfliche Verhalten des Angeklagten eindeutig belegen. Und dieses Verhalten lässt durchaus vermuten, dass er noch weit schlimmere Verbrechen begangen hat als das, wofür er sich heute vor diesem Schwurgericht zu verantworten hat. Lassen Sie sich durch sein ärmliches Äußeres, seine zerknirschte Miene, seine gespielte Reue nicht täuschen. Dieser Mensch ist ein Ungeheuer!«

Calvisi war wirklich groß in Form.

Ich hielt ein rührseliges Plädoyer, das hieß mit eindringlicher Stimme sprechen, lange Kunstpausen einlegen. Kleine Brötchen backen eben. So wurden meinem Mandanten schließlich die mildernden Umstände zugestanden, die ich beantragt hatte …

10.10 Uhr

Als ich mich gerade umzog, kam der Gerichtsdiener ins Anwaltszimmer. Alles so weit in Ordnung: Puligheddu um elf im Tettamanzi.

Als Nächstes stand die Einführung des Königlichen Staatsanwalts an. Im Talar trat er vor die Versammlung der Hochgeschätzten Kollegen.

Er wirkte sanftmütig, eher bescheiden sogar, und doch hieß es, in Tempio Pausania habe er einen guten Teil der Anklagevertreter abserviert. Offenbar hielt er ihre Art der Strafverfolgung für zu lasch. Man munkelte, auf sein Betreiben sei der alte Richter Loddo, der heimliche Herr von Tempio, der angeblich die meisten Fälle außerhalb des Gerichtssaals verhandelte, zwangsweise in den Ruhestand versetzt worden.

Die Antrittsrede des Königlichen Staatsanwalts war langweilig, nichts als gesunder Menschenverstand und Aussagen, die einer macht, wenn er die Dinge nur vom Hörensagen, also eigentlich gar nicht kennt. In seiner programmatischen Erklärung wimmelte es nur so von Gemeinplätzen: gute Vorsätze, eine strenge Hand walten lassen, wir werden nicht hinnehmen, dass … und so weiter und so fort.

10.50 Uhr

Um zehn vor elf verließ ich die Versammlung, um mich wie vereinbart mit Professor Puligheddu zu treffen.

Das Lokal war brechend voll, die aus der dampfenden Kleidung der Gäste aufsteigende Feuchtigkeit mischte sich mit der stickigen Wärme.

Puligheddu, der etwas zu früh gekommen war, saß an einem Tisch ganz hinten und winkte mir zu.

Ich danke Ihnen, dass Sie sich zu diesem etwas kurzfristigen Treffen bereit erklärt haben…«, begann ich, während ich versuchte, meinen Regenschirm so an die Stuhllehne zu hängen, dass er nicht umfiel.

»Ich bin ein begeisterter Leser und glühender Verehrer Ihrer Gedichte… Und… Ab und zu bringe auch ich ein paar Verse zu Papier, in aller Bescheidenheit… Natürlich nichts im Vergleich zu den Kleinodien, die Sie in der Zeitschrift *Im Land der Nuraghen* veröffentlicht haben«, begann er. Aha, darum hatte er sofort in das Treffen eingewilligt.

»Ich möchte gleich klarstellen, dass ich Sie aus rein beruflichen Gründen treffen wollte…«, sagte ich vorsorglich, aus Angst, sonst den ganzen Vormittag mit Gerede über Versmaß und Reimformen zu verlieren. Vor allem aber schreckte mich die Aussicht, er könne mich bitten zu lesen, was er in aller Bescheidenheit zu Papier brachte.

Puligheddu erstarrte. »Wenn ich Ihnen helfen kann, ohne die ärztliche Schweigepflicht zu verletzen…«, sagte er widerstrebend.

Ich lächelte. »Nein, nein, seien Sie unbesorgt. Es geht nicht um einen Ihrer Patienten. Ich belästige Sie, weil ich … eine Auskunft brauche … von einem Sachverständigen.« Pulighedду nickte, erwiderte aber nichts. »Wenn ich mich recht erinnere, wurden Sie vor zwei Jahren in einem Prozess von der Verteidigung als Sachverständiger benannt, um den Geisteszustand der Angeklagten Moledda zu beurteilen …«

»Ja, ich erinnere mich gut an den Fall: Maria Moledda, sie hatte ihren Mann getötet … Ja, ich vertrat die Ansicht, die Frau müsse unverzüglich unter Beobachtung gestellt werden.«

»Und das Gericht folgte Ihrem Antrag.«

»Es folgte dem Antrag und stützte sich dabei auf die Tatsache, dass die … Dynamik des Mordes trotz der offenkundigen Schuld der Frau nicht nachvollziehbar war.«

»Das müssen Sie mir erklären.«

»Ganz einfach: die Moledda ist eine schmächtige Person, und ihr Mann, wie soll ich sagen? … der war ziemlich kräftig. Und …«

»Und?«

»Und die Moledda hatte ihn mit bloßen Händen umgebracht.«

Ich hob die Hände zum Himmel. »Das wollte ich hören! Und daraufhin wurde die Angeklagte also unter Beobachtung gestellt.«

»Das Gericht ordnete ihre Einweisung in

die Irrenanstalt an, um sie entsprechend beobachten zu lassen. Als psychiatrische Sachverständige bestellte das Gericht Professor Delitala und meine Wenigkeit ...«

»Und zu welchem Ergebnis sind Sie gekommen?«

Professor Puligheddu lächelte wie ein Luchs und ließ mich schmoren. »Hysterie«, sagte er dann. »Vor allem die Analyse des Gesichtsfelds ließ keinen Zweifel zu, bei beiden Augen wurde die Anomalie festgestellt, die, wie wir heute wissen, das grundlegende Symptom jener neuropathologischen Konstitution darstellt, die man gemeinhin als Hysterie bezeichnet.«

»Und das wäre?« Ich hing an seinen Lippen.

Das schien dem Professor Puligheddu zu gefallen. Er nahm sich Zeit, meine Ungeduld auszukosten, und sagte: »Wollen wir etwas trinken?«

Ich sagte einfach ja, und plötzlich stand ein Glas Mandelmilch vor mir. Ich hasse Mandelmilch und nippte nur daran.

Puligheddu dagegen stürzte gierig das halbe Glas hinunter und wischte sich genüsslich den Mund ab. Dann fuhr er fort: »Bei den meisten Patienten, die an einer hysterischen Nervenkrankheit leiden, kommt es zu einer Veränderung des Gesichtsfelds. Diese äußert sich in einem verminderten Sehvermögen, sie können weder Weiß noch andere Grundfarben erkennen. Bei der Moledda war sowohl das Hell-Dunkel- als auch das Farbensehen auf beiden Augen stark eingeschränkt, auf dem rechten Auge jedoch stärker als auf dem linken. Bei ihr wies das Farbensehen Abnormitäten auf: Anstatt einer konzentrischen Anordnung der Zapfen für das Farbensehen, wie es physiologisch normal wäre, neigten die Zapfen bei ihr dazu, sich zu überlagern.« Jetzt war Puligheddu in seinem Element.

»Das Prinzip ist klar, Professor«, unterbrach ich ihn. »Aber was ich Sie fragen wollte, ist etwas anderes: Gibt es auch Fälle von Hysterie bei Männern?«

Professor Puligheddu stürzte einen weiteren Schluck Mandelmilch hinunter. Er nickte bedächtig, bevor er antwortete. »Natürlich mutet es seltsam an, wenn man bei Männern von Hysterie spricht; natürlich steht es im Widerspruch zur Ethymologie des Wortes, wenn man diese Krankheit bei Männern diagnostiziert, aber … meine Antwort lautet ja, zweifellos. Gleichgültig mit welchem Begriff man diese Form der Krankheit bezeichnet, Tatsache ist, dass auch Männer davon befallen werden und als Hysteriker gelten können. Charcot hat als erster den Beweis dafür geführt, und in der späteren Literatur wimmelt es förmlich von Fällen männlicher Hysterie.«

Anerkennend goss ich das ganze Glas Mandelmilch in mich hinein. »Sie haben mir sehr geholfen, Professor. Wirklich sehr«, sagte ich enthusiastisch, während ich aufstand und, ohne mich umzudrehen, nach meinem Regenschirm angelte, um möglichst schnell zur Tür zu kommen.

Professor Puligheddu rückte seine Brille zurecht. »Wenn es Ihnen nichts ausmacht, würde ich gern die Gelegenheit, die uns zusammengeführt hat, nutzen, um Ihnen ein bescheidenes Werk zu überreichen. Fallstudien in Versen nach Art des Cavalotti, Bagatellen, aber ich lege Wert auf Ihre Meinung«, sagte er mit dünnem Stimmchen und reichte mir ein Büchlein mit dem Titel *Klinokephalie*, das er urplötzlich aus der Tasche seines Umhangs hervorgezogen hatte.

Das hatte ich befürchtet. Ich nahm das Büchlein in Empfang wie den Bescheid eines Gerichtsvollziehers. »Ich werde es lesen, aufmerksam und … mit großem Vergnügen«, brachte ich mühsam hervor.

»Selbstverständlich erwarte ich einen Kommentar, sobald Sie Gelegenheit hatten, einen Blick auf das Ergebnis meiner Mühen zu werfen, ein paar Zeilen nur … Ich lege wirklich großen Wert darauf.«

»Sie können sich darauf verlassen«, log ich.

Auf dem Weg zum Restaurant San Giovanni war es, als müsste man gegen die Strömung durch einen Fluss waten. Während ich mich die Steigung hinaufkämpfte, hielt ich den Schirm wie römische Soldaten den Schild, wenn sie sich zur Testudo formierten. Der Regen kam aus allen Richtungen, erst eine Breitseite auf die Knie, dann auf die Waden. Um wenigstens von einer Seite geschützt zu sein, ging ich dicht an den Häuserwänden entlang. Aus den überlaufenden Regenrinnen prasselte das Wasser auf den Wachsbezug des Schirms.

Wie ein großer Lachs schnellte ich flussaufwärts, zur Quelle. Die wenigen Passanten kämpften sich heldenhaft vorwärts, gebeugt, als wollten sie dem Regen trotzen, indem sie es ihm gleichtaten.

Die Steinplatten des ansteigenden Corso glänzten wie Marmorblöcke, gemasert von durchsichtigen Rinnsalen.

Das Pflaster bebte, als würde es von einem Malariaanfall geschüttelt.

Erleichtert wie ein Schiffbrüchiger, dessen Boot vom Sturm zerstört wurde und der das rettende Land erreicht, betrat ich das Restaurant.

Drinnen war es warm. Wärme aus der Küche. Wärme von dem großen Kachelofen, der mitten im Speisesaal stand und vor sich hin bullerte.

Tzia Mena deckte den Tisch. »Ich erwarte noch jemanden«, sagte ich, als ich sah, dass sie nur ein Gedeck auflegte. »Avvocato Marongiu müsste jeden Augenblick kommen. Und, Tzia Mena, gebt bitte Acht, dass er die Rechnung nicht zu sehen bekommt, das machen wir unter uns aus, habt Ihr verstanden?«

»Wie Ihr wollt, Avvocato. Ich habe verstanden, die Rechnung geht an Euch.«

»Genau. Auch wenn er darauf besteht, selbst zu bezahlen.«

»Schon gut, ich habe verstanden.«

»Was habt Ihr an Wein da?«

»Ich habe Jerzu, Mandrolisai, oder den neuen aus Marreri, der ist wirklich ausgezeichnet.«

»Dann bringt uns den Marreri. Ist das der von Chichitto Secchi?«

»Ja, genau. Dieses Jahr ist er wirklich göttlich.«

In diesem Augenblick betrat Giovannino Marongiu das Lokal. »Verfluchter Regen«, murmelte er. »Eigentlich hätte ich heute Morgen nach Orune gemusst, aber es war einfach kein Durchkommen«, fügte er hinzu und nahm den Hut ab. »Warst du bei der Einführungfeier?«, fragte er, während er den Umhang auszog und nach einem Platz dafür suchte.

»Eine schöne Einführung! Lauter Geschwafel! Haben wir alles schon hundert Mal gehört.«

»Hm, er scheint sich ja einiges vorgenommen haben …«, fügte er, auf den frisch ernannten Staatsanwalt gemünzt, hinzu.

»Einiges vorgenommen ist gut. In Tempio hat er mehr Unheil angerichtet als Karl in Frankreich«, ereiferte ich mich, während Marongiu sich setzte. »Es heißt, er habe aufgeräumt: Erst hat er die ganze Anklagebehörde außer Gefecht gesetzt, *alle kompromittiert*; dann beschwert er sich, dass die Verteidiger Vergleiche schließen, Informanten beschäftigen, Akteneinsicht verlangen … Und die unverzichtbare Objektivität will er dadurch erreichen, dass er die Schlüsselpositionen mit Leuten vom Kontinent besetzt. Mit einem Wort, er hat überhaupt nichts begriffen …«

»Tja, das ist ja nichts Neues …«

»Komm schon, Giovannì, du weißt doch, dass es darum gar nicht geht; du weißt genauso gut wie ich, dass die ganze Operation nur darauf hinausläuft, alles und jeden zu verurteilen; der Rest ist Fassade, und wer in die Mühle der Justiz gerät, der hat eben

Pech gehabt. Nicht nur, dass diese Herrschaften vom Kontinent nichts bewirkt haben – freigesprochen wird immer noch der, der es sich leisten kann. Das Schlimmste ist, dass sie die hiesigen Verhältnisse nicht kennen und so argumentieren, als würde der Ort keine Rolle spielen, als wären die Verhältnisse überall gleich.«

»Ich wusste gar nicht, dass du so ein glühender Sarde bist, Bustià.«

»Ach was! Was hat das denn damit zu tun, wie kommst du denn darauf? Ich habe nichts gegen die Leute vom Kontinent! Aber meiner Meinung nach dient das ganze Theater nur dazu, das Vorurteil zu bestätigen, dass unsere Mandanten auf jeden Fall schuldig sind! Ich meine ja nur, wenigstens unter den hiesigen Kollegen müsste man sich doch verstehen. Schließlich haben wir es hier mit besonderen Bedingungen zu tun, die man berücksichtigen muss. Was sind wir denn? Etwa eine Kolonie, die erst zivilisiert werden muss? …«

Tzia Mena kam an den Tisch und unterbrach uns. »Heute haben wir *maccarrones de busa* oder Gemüsesuppe, wenn Ihr wollt, und als Hauptgang Wildschwein oder Bratwurst«, sagte sie, während sie *pane carasau* auf den Tisch legte, halbmondförmige hauchdünne Brotfladen.

Maccarones und Wildschwein für beide. Die

Alte nickte und entfernte sich eilig, denn in der Zwischenzeit war es ziemlich voll geworden, und sie musste sich sputen.

»Die italienische Nation ist noch sehr jung, wir brauchen einfach Zeit, bis alle sich verstehen. Und damit meine ich nicht die Sprache, sondern die Kultur, die unser gemeinsames Erbe ist, im Guten wie im Schlechten. Schließlich sind wir nicht mit einem Ring in der Nase herumgelaufen, als die ihr Italien gegründet haben! Nur meine ich: Sie sollten uns Zeit lassen, damit wir in aller Ruhe entscheiden können, welchen Platz wir in dieser Nation einnehmen wollen. Ich meine, wenn man uns als Sarden in diese Nation eintreten ließe, könnten wir bessere Italiener werden.«

»Ja, aber bloß weil wir noch nicht bereit sind, können wir keine Sondergesetze oder Ausnahmeregelungen verlangen …«

»Das kann ich nicht akzeptieren! Haben sie nicht schon genug Sondergesetze gemacht? Und ob! Jede Menge, nur für uns! Und alle, um zu strafen! Letzten Mai haben wir ja gesehen, wie diese Sondergesetze funktionieren! Massenverhaftungen. Wie viele haben sie verhaftet? Vierhundert? Willkürliche Durchsuchungen; sogar schwangere Frauen und Kinder haben sie aus dem Bett gezerrt und auf dem Kirchplatz zusammengetrieben! Alles Verbrecher, alle schuldig! Wirklich etwas ganz

Besonderes, diese Sondergesetze! Aber das weißt du doch alles selbst!«

»Natürlich weiß ich das. Ich wäre auch ganz deiner Meinung, wenn nicht die meisten meiner Mandanten tatsächlich schuldig wären! Der neue Staatsanwalt tut, was er kann. Es könnte doch sein, dass Anwälte, die weniger mit den einheimischen Gepflogenheiten vertraut sind, tatsächlich unvoreingenommener zu Werke gehen …«

»Dagegen sage ich ja gar nichts. Das Prinzip stelle ich nicht in Frage. Ich sage nur, dass es dazu Zeit braucht und Respekt. Das Einzige, was unser Staatsanwalt in Tempio erreicht hat, ist, dass noch nie so viele Leute untergetaucht sind und dass die gesamte Justiz paralysiert ist, weil alle, die zu jener Gruppe der weniger *Kompromittierten* gehören, ihre Versetzung auf den Kontinent beantragt haben … Und wenn die Leute vorher schon wenig Vertrauen in die Justiz hatten … Aber, was soll's … Früher war Tempio ein ruhiger Ort … Und jetzt haben wir das Vergnügen, wir sind die nächsten auf der Liste des großen Saubermanns!«, schloss ich und schaute Giovannino Marongiu in die Augen. »Aber eigentlich wollte ich etwas ganz anderes mit dir besprechen …«

»… Filippo Tanchis«, vollendete Marongiu.

Ich nickte.

»Wie kommt es eigentlich, dass du auf diesen Fall so erpicht bist?«

»Weil Tanchis unschuldig ist.«

»Hör mal, Bustianu, es wird dich vielleicht wundern, aber du tust mir einen Gefallen, wenn du diesen Fall übernimmst. Ich bin vier Mal im Gefängnis gewesen, um mit dem Jungen zu sprechen, und ich hab kein einziges Wort aus ihm herausbekommen.«

»Bei diesem Fall muss man auf Geisteskrankheit plädieren, entschuldige, wenn ich das sage ... Ich will dein Vorgehen nicht kritisieren.«

»Ich bitte dich, Bustià ...« Mit dampfenden Tellern beladen wie eine hinduistische Göttin, erschien Tzia Mena und unterbrach uns erneut. »Habt Ihr auch Saubohnen?«, fragte Marongiu plötzlich. Tzia Mena nickte, ja Saubohnen hatten sie auch. »Was ist mit dir, Bustià?«, fragte Marongiu.

»Warum nicht?«, entgegnete ich achselzuckend.

»Also zum Wildschwein auch Saubohnen«, beschloss er.

Tzia Mena schaute ihn ohne große Begeisterung an, dann ging sie in die Küche zurück.

»Denk bitte nicht, ich wollte dich über deine Arbeit belehren«, fuhr ich etwas weniger eifrig fort, als ich den ersten Bissen *maccarrones* geschluckt hatte.

»Ich bitte dich, Bustià«, sagte Marongiu noch einmal und schaute auf seinen Teller. »Wirklich, ich sag's noch einmal, lass dir eine Vollmacht geben, und der Mandant gehört dir. Aber ich sag's dir gleich, das wird kein Zuckerschlecken, der Junge ist kein Unschuldslamm, und die Familie ist auch keine große Hilfe.«

»Apropos, was weißt du über die Familie?«, fragte ich, während Marongiu den Löffel zu Hilfe nahm, um die Nudeln in sich hineinzustopfen.

»Hm, es sind drei Brüder: Filippo ist der jüngste, dann kommt Ruggero, und der älteste ist Elias. Vor drei Jahren haben sie ihre Eltern verloren. Sie wohnen bei ihren Tanten, den Schwestern der Mutter: Francesca Pattusi, die scheint eine Hexe zu sein, und Clorinda Pattusi, die ist zwar nicht mehr die jüngste, aber hübsch anzusehen. Elias arbeitet im Schlachthof; Ruggero, der bald heiraten wird, ist Verwalter der Sanna Contu in Predas Arbas, und Filippo ist das Nesthäkchen. Mit ihm hatten sie großes vor: erst die Schule, und später vielleicht eine schöne Stelle im Büro. Aber er schaffte nicht mal die dritte Klasse Volksschule, obwohl erst die Eltern, und später die Tanten, sich für ihn in Stücke gerissen haben. Aber er, er wollte nur Soldat werden, alles andere interessierte ihn nicht. Bei der

Musterung wurde er für untauglich erklärt, weil sein Brustkorb zu schmächtig war. Aber er gab nicht auf, er war überzeugt, dass man ihn anwerben würde, wenn er jemanden bezahlte. Ende. Was er getan hat, hat er getan, um sich das Geld dafür zu beschaffen.«

»Folglich hätte er Solinas umgebracht, um ihn zu berauben.«

»Und dann hatte der nur eine Uhr bei sich, nicht mal eine goldene.«

»Hm, eine schöne Geschichte, das muss ich schon sagen. Aber wenn er es geschafft hat, mit bloßen Händen einen Mann zu überwältigen, der doppelt so stark war wie er selbst, dann kann er so schmächtig nun auch wieder nicht sein.«

»Was heißt das schon? Es war dunkel, der Überraschungseffekt… Er hat ihn aus dem Hinterhalt angegriffen, vielleicht war Solinas ja auch einer, der sich gelegentlich einen hinter die Binde kippt…«

»Ach, hat er viel getrunken?«

»Keine Ahnung. Wie alle wahrscheinlich, ein Gläschen Wein oder Schnaps in Gesellschaft hat er bestimmt nicht verschmäht.«

»An dem Abend, als er umgebracht wurde, war er also betrunken?«

»Woher soll ich das wissen, Bustià! Ich habe doch nicht die Kneipen abgeklappert, um zu fragen, ob und wie viel Bobore Solinas an dem Abend, als er ermordet wurde, getrunken hatte. Das war nur so daher gesagt, eine Vermutung.«

»Ja genau, nur eine Vermutung; es ist nicht gesagt, dass er betrunken war«, sagte ich und half Tzia Mena, Platz zu schaffen für Wildschein und Saubohnen.

In dieser Nacht tanzte Großvater Gungui auf meinem Bett ein paar Runden zum Rhythmus des *dadam dadam,* den der Regen auf die Dachpfannen schlug. Im Hof führten Feigenbaum und Oleaster eine angeregte Unterhaltung – was man sich eben zu erzählen hat, wenn man als Baum beobachten kann, was auf der Straße hinter der Hofmauer vor sich geht.

In dieser Nacht verdeckten Schwärme von Spatzen den Himmel, ein Gewölbe aus flatternden Flügeln.

Verfluchte Saubohnen.

Das Bett war ein Schlammbad, ein lehmiges Flussbett. Wie ein milchiger Strudel rissen mich die nassen Laken in die Tiefe. Und der betrunkene Bobore Solinas, der aussah wie der heilige Lazarus, tanzte auf meinem Rücken Polka.

Meine Brust schlug die Minuten und Sekunden wie der Ausrufer seine Trommel. Und dann erschien auch noch Puligheddu am Kopfende meines Bettes, ganz in Weiß, die strahlende Wissenschaft in Person, und aus seinen Fingerspitzen ergoss sich das gesamte Spektrum der Elementarfarben in mein Zimmer. Einstimmig fielen die knarrenden Dielen in das Requiem der Motten ein.

Statt zu schlafen, fiel ich in dieser Nacht in eine Art Delirium. Ich war bei vollem Bewusstsein, doch mein Körper fühlte sich an wie eine formlose Masse. Die Arme lagen ohnmächtig da, während die Schläfen in einem Bilderrausch versanken.

Es ist nur Regen, der die erschöpfte Erde peinigt und die Felsen in Scheiben zerlegt, geduldig wie ein Sattler, der Leder in Streifen schneidet.

Jetzt scheint er nachzulassen, aber das täuscht, er ist fein und scharf wie der Draht, mit dem man im Steinbruch die Marmorblöcke herausschneidet. Immer weiter dreht er die Ratsche, in einer Nacht voller Trugbilder.

Es gibt keinen Frieden. Nur Regen. Der Wind hilft ihm das Unerreichbare zu erreichen, als gälte es, noch den letzten Zipfel zu durchtränken und jedes Saatkorn zu wässern, bis es in Liebe ertrinkt.

In dieser Nacht schnürte er mir die Nieren wie ein enger Gürtel. Wie der Klammergriff eines Ringers.

Es gibt keinen Frieden.

Es wäre so einfach, die Selbstbeherrschung wieder zu erlangen, wenn nur dieses ständige Tropfen nicht wäre, dieses ständige Triefen schweißgebadeter Körper, dieses endlose Ticken.

»Früher oder später hört es auf«, sagt meine Mutter, die mit den Naturgewalten auf vertrautem Fuß lebt.

Früher oder später hört es auf. Gesagt habe ich das auch schon, doch ohne Überzeugung: Früher oder später muss es doch aufhören, verflucht!

Und mein Widerstand schwindet, mein Herz hämmert gegen den Käfig der Rippen.

Dann ist Ruhe, aber das täuscht, denn wenn ich die Lider bewege, machen selbst die Wimpern Lärm.

Bei anderer Gelegenheit hätte es vielleicht gereicht, mir ins Gedächtnis zu rufen, dass ich Dichter bin. Wie oft hat die Poesie mich gerettet. Aber in der Nacht vor dem Weltuntergang kann selbst die Poesie nichts mehr ausrichten.

Vielleicht ist diese Qual, dieses Versinken in den Tiefen eines vermeintlichen Schlafes das, was man Einsamkeit nennt.

Es gibt keinen Frieden. Vielleicht fände ich Frieden, wenn jemand dieses Sterben im Dunkel und dieses Auferstehen im Licht mit mir teilen würde. Vielleicht könnte ich Frieden finden, wenn ich jemanden an meiner Seite hätte, einen fremden Atem.

Vieles geht mir durch den Kopf. Dass ich zweiunddreißig bin, dass ich alt werde, dass die Tage vorbeirauschen wie der Regen, dass das Leben kurz ist, dass es bergan geht und der Körper nachlässt, dass die Illusionen das Schiff verlassen und selbst die schönen Zeiten nur Schaluppen mit leckem Rumpf sind, dass die Zeit knapp wird, dass es morgen dasselbe sein wird und übermorgen auch …

Dass es regnet.

Verdammter Regen!

Zenobi betrat mein Arbeitszimmer mit der Mütze in der Hand. Die Ehe hatte ihm gut getan, er war gut genährt und lebensfroh. Die blonden Haare rahmten seinen Kopf wie eine Getreidegarbe. Die blauen Augen drückten Dankbarkeit aus, die Dankbarkeit desjenigen, der dem Tod entronnen ist. »Avvocato«, sagte er besorgt, »geht es Euch nicht gut?«

»Nichts Schlimmes, ich habe nur miserabel geschlafen, sonst geht es mir gut.«

»Bei allem Respekt, aber Euer Gesicht, das gefällt mir gar nicht. Ihr solltet zum Arzt gehen.«

»Unsinn, mir geht's gut.«

»Ihr habt mich rufen lassen …«

»Du musst mir einen Gefallen tun …«

»Euer Wunsch ist mir Befehl, Avvocato, das wisst Ihr doch. Was immer Ihr wollt … Ihr braucht es nur zu sagen. Für Euch kann ich nie genug tun.« Er strahlte. Er ließ keine Gelegenheit aus, um seine Dankbarkeit zu bekräftigen. »Was Ihr für mich getan habt, als ich schon dachte, ich wäre am Ende, das kann man nie wieder gutmachen.«

»Wie geht's Sisinnia?«, fragte ich und versuchte zu lächeln.

»Sie ist im dritten Monat, Avvocato. Wenn es ein Junge wird, nennen wir ihn Sebastiano.«

»Dann wird es bestimmt ein Junge!«, scherzte ich. »Hör gut zu, Zenò, denn das, worum ich dich bitten möchte, ist eine heikle Angelegenheit. Es geht um einen Fall, den ich gerade bearbeite …« Zenobi kam näher, damit ich leiser reden konnte. »Es geht um einen gewissen Bobore Solinas, der vor drei Monaten in Istiritta ermordet wurde …«

Zenobi nickte. »Davon habe ich gehört …«, sagte er.

»Gut. Der Gefallen, um den ich dich bitte, ist folgender: Ich will wissen, wo genau dieser Solinas am 4. September, dem Tag, an dem er ermordet wurde, gewesen ist. Du sollst die Kneipen abklappern, angeblich trank er gern ein Gläschen. Und vielleicht hat er an diesem

Tag ein Gläschen zu viel getrunken … Verstehst du?«

»Keine Angst, Avvocato. Wird gemacht, und wenn ich ihn eigenhändig aus dem Grab holen müsste, um ihn zu fragen, wo er gewesen ist. Ich werde mich mal umhören und alles über diesen Solinas in Erfahrung bringen … Verlasst Euch auf mich, und ruht Euch aus, denn, bei allem Respekt, Ihr seht heute aus, als ob Ihr dem Teufel begegnet wärt.«

»Geh jetzt und sag mir sobald wie möglich Bescheid, und danke fürs Erste …«

Zenobis Gesicht verfinsterte sich. »Hört zu, Avvocato, von Euch will ich kein Danke mehr hören. Ihr sagt mir, was ich tun soll, und damit basta …«

Der Vormittag verging, ohne dass etwas Nennenswertes geschah.

Der Nachmittag wurde von der vorzeitig hereinbrechenden Nacht verschluckt. Ich sah auf meine Taschenuhr, es war noch nicht fünf, obwohl die Pendeluhr im Flur anderer Ansicht war. Auch sie hatte es immer eilig. Raimonda kam ins Arbeitszimmer, um die Lampen anzuzünden.

»Diese Person ist schon wieder da«, sagte sie, sobald das Zimmer in ein wächsernes

Licht getaucht war, wie auf einem Gemälde von La Tour.

Ich sah von meinen Papieren auf und stellte fest, dass ich bis dahin fast im Dunkeln gelesen und geschrieben hatte. »Und, was soll ich dazu sagen? Führt sie herein!«

Bedrückt, als wäre sie auf das Schlimmste gefasst, betrat Franceschina Pattusi das Zimmer. »Setzt Euch, setzt Euch«, sagte ich mit einem gewissen Enthusiasmus. »Ich habe mit Avvocato Marongiu gesprochen ...« Ein fiebriger Glanz trat in ihre Augen. »Er hat nichts dagegen. Ihr braucht nur ein Papier zu unterschreiben, und Euer Neffe wird mein Mandant.«

Ihr Gesicht entspannte sich, sie lächelte. »Wo muss ich unterschreiben?«, fragte sie nur.

»Ich habe das Dokument schon vorbereitet, es muss hier irgendwo sein ... Setzt Euch doch«, sagte ich und kramte in dem Durcheinander auf meinem Schreibtisch. »Der Junge ist noch minderjährig, und nach dem Gesetz seid Ihr sein Vormund«, versuchte ich die Zeit zu überbrücken.

Unterdessen hatte die Frau in ihrer gewohnten, ein wenig steifen Art Platz genommen, verfolgte jede meiner Bewegungen mit den Augen und nickte nur.

Endlich kam das Schriftstück zum Vorschein. »Da ist es ja. Hier, und schön deutlich schreiben«, sagte ich und zeigte mit dem Finger auf die entsprechende Stelle.

Ohne aufzustehen, beugte Franceschina Pattusi sich über den Schreibtisch und setzte ihren Namen darunter. Sie schrieb mit Mühe, jeden Buchstaben einzeln, aber groß und deutlich: Francesca Emilia Pattusi.

»Ich habe gute Nachrichten«, begann ich, während ich das unterschriebene Schriftstück in die entsprechende Mappe legte. »Wir versuchen, auf Geisteskrankheit zu plädieren!«

Das Lächeln erstarb ihr auf den Lippen.

»Es ist mehr als ein Versuch«, drängte ich, als ich die Enttäuschung in ihren Augen sah. »Ich habe mit Professor Puligheddu gesprochen, er ist bereit, sich mit unserem Fall zu beschäftigen!«

Ihre Hände begannen, ein unsichtbares Tuch auf ihren Knien durchzukneten.

»Auf Unschuldig zu plädieren, scheidet aus!«, holte ich aus. »Schließlich hat man Solinas' Uhr bei Eurem Neffen gefunden. Aber so kommt er mit einer Einweisung ins Irrenhaus davon. Oder wollt Ihr, dass er an den Galgen kommt?«, übertrieb ich. Ich verlor langsam die Geduld.

Franceschina Pattusi unterdrückte ein Schluchzen. »Nein«, sagte sie nur.

»Nein?«, wiederholte ich, als hätte ich sie nicht verstanden.

»Nein!«, sagte sie noch einmal, nachdem sie sich geräuspert hatte. »Lieber tot als im Irrenhaus.«

»Wisst Ihr überhaupt, was Ihr da sagt?«, schrie ich, »wisst Ihr das? Wir könnten einen Freispruch erwirken.«

Franceschina Pattusi schüttelte in einem fort den Kopf.

»Hört zu, so kommen wir nicht weiter«, versuchte ich es ein wenig ruhiger. »Wir müssen mit dem arbeiten, was wir haben. Ich habe diesen Fall genau studiert. Es gibt keine Alternative. Euer Neffe hat eine Chance, aber nur … auf diese Art.«

»Avvocato, soll das vielleicht ein Leben sein, wenn alle ihn für verrückt halten und sogar die Kinder ihn auslachen?«

»Ihr habt es gewusst!« Plötzlich war mir alles klar. »Ihr habt es die ganze Zeit gewusst! Es war nicht das erste Mal, stimmt's?«

Die Frau fuhr mit der Zunge über die Lippen. »Nicht so …«, sagte sie bloß.

»Nicht so was?«

»Nicht so schlimm … Wenn Ihr wüsstet, Avvocato, was wir durchgemacht haben … Wir haben ihm gesagt, dass sie ihn beim Militär nicht genommen haben, weil sein Brustkorb zu schmächtig war, aber das war nicht der Grund …«

»Sondern?«

»Sondern, weil er … so war, von Kind an! Irgendwann war er nicht mehr derselbe … eigentlich war er ein Schatz, richtig süß, wie ein Mädchen … Aber eines Tages, da war er vielleicht acht, hat er sich plötzlich auf einen Schulkameraden gestürzt, und wir mussten Gott weiß was anstellen, um ihn zu bändigen! Der andere war ein ziemlicher Brocken, ein einfacher Junge vom Land und Filippo nur ein Hänfling … Trotzdem … Wir mussten ihn von der Schule nehmen, mit der Ruhe war es vorbei. Nur Waffen und Soldaten, das war sein Ein und Alles … Aber er ist nicht immer so, wirklich nicht … manchmal ist er ruhig und antwortet, wie es sich gehört, dann ist er der beste Mensch der Welt, man könnte fast glauben, dass … Ich weiß auch nicht … Manchmal spricht er Tage und Wochen kein Wort, und man bekommt nichts aus ihm heraus … Ach Gott … Was soll ich Euch sagen … Die Leute …«

Ich schüttelte den Kopf, um den erstaunten Gesichtsausdruck abzuschütteln, den jedes Wort der Frau bei mir hervorgerufen hatte. »Und was wollt Ihr jetzt machen?«, fragte ich und rieb mir die Augen.

»Ihr müsst ihn aus dem Gefängnis holen, Avvocato, sonst stirbt er mir noch … Um alles andere kümmere ich mich schon. Oder seine Brüder.«

»So, so. Ihr kümmert Euch um alles andere? Wie an dem Abend vor drei Monaten?« Keine Antwort. Absolute Stille. Ich war außer mir. »Und obwohl Ihr das alles wisst, habt Ihr noch die Stirn, ihm ein Messer ins Gefängnis zu schmuggeln?«, setzte ich ihr weiter zu.

»Ich habe nicht aufgepasst, ich war zerstreut … Wirklich, Avvocato … Er tut keinem was mit dem Messer … Soldaten und Waffen, damit hat er's, aber er tut doch nichts … Sonst hätte er Solinas doch erstochen, oder?«

»Wenn Ihr das sagt! Jedenfalls ist es gefährlich …«

»Ich kenne ihn doch! Auf dem Totenbett habe ich meiner Schwester geschworen, dass Filippo nicht ins Irrenhaus kommt.«

»Und, gesetzt den Fall, dass er Euch plötzlich angreift, was dann?«

»Mich greift er nicht an, Avvocato, mir tut er nichts!«

»Gute Frau, das könnt Ihr nicht verantworten! Vielleicht ist die Sache ja heilbar …«

»Ich habe es geschworen …«

Als ich wieder allein war, kochte ich vor Wut. Verfluchte Ignoranz. Es machte mich rasend, dass alles, was als Mitgefühl ausgegeben wurde, nichts anderes war als bodenloser

Egoismus. Die Leute. Was die Leute sagen. Was die Leute denken. Ich war wütend: Ein Kranker riskierte die Höchststrafe, bloß damit die Leute nicht erfuhren, dass er krank war. Nur deshalb. Je länger ich darüber nachdachte, desto wütender wurde ich.

Franceschina Pattusi war ganz offen gewesen. Wenn Filippo ins Irrenhaus käme, fiele das auf die ganze Familie zurück, ein Makel, dann hieße es doch: Die Pattusi sind alle verrückt. Auch die gesunden Brüder Elias und Ruggero, die doch ein Recht auf ein normales Leben hätten, ohne sich schämen zu müssen. Das mit der Krankheit, das müsse man für sich behalten, Fremde dürften davon nichts erfahren. Und was sollte dann aus ihrer jüngeren Schwester Clorinda werden? Mit einem Verrückten in der Familie, welcher Mann würde sie da noch zur Frau nehmen? Den Blicken der Leute standzuhalten, sei alles andere als einfach, das wisse doch jeder. Ich hätte gut reden, sagte Franceschina Pattusi, Gott sei Dank hätte ich solche Probleme nicht; Gott sei Dank hätte ich nichts, dessen ich mich schämen müsse.

Und außerdem hatte sie, Franceschina Pattusi, es ihrer Schwester versprochen, sie hatte geschworen …

Dann war sie gegangen, hatte einfach mein Arbeitszimmer verlassen, ohne mich ausreden zu lassen. Schließlich gab es in Nùoro genug andere Anwälte!

Ich war wütend.

Ich war wütend, als ich mich wieder hinsetzte und den leeren Stuhl vor meinem Schreibtisch anstarrte. Ich war so wütend, dass ich in diesem Augenblick Gott weiß was dafür gegeben hätte, nicht in dieser Lage zu sein. Ich zündete eine Zigarre an. Aber schon nach zwei Zügen mochte ich sie nicht mehr und zerdrückte sie im Aschenbecher. Ich stand auf, aber den Bruchteil einer Sekunde später hatte ich schon wieder vergessen, was ich vorhatte.

Ich entschloss mich, das Arbeitszimmer zu verlassen. Ein paar Sekunden stand ich ratlos im Flur, hin- und hergerissen zwischen der Treppe, die ins obere Stockwerk führte, und der Küche. Schließlich entschied ich mich für die Küche.

Das war der Fehler meines Lebens.

Ohne ein Wort zu sagen, trat ich in die Küche. Um meine Anwesenheit zu rechtfertigen, suchte ich in der Kredenz nach einem Glas.

Meine Mutter, die ein Hemd flickte, sah nicht einmal auf. Sie brauchte gar nicht hinzusehen, um meinen inneren Aufruhr zu bemerken.

Alles ging gut, solange gespanntes Schweigen den Raum erfüllte.

Alles ging gut, bis Raimonda dieses Schweigen brach.

Das war der Fehler ihres Lebens.

»Da ist ein Brief gekommen«, sagte sie und hielt mir, ohne den Kopf zu heben, einen Umschlag hin. Die Hand mit dem Umschlag tastete ins Leere, als wüsste die Überbringerin nicht genau, an welcher Stelle des Raums ich mich befand.

Ein paar Sekunden ließ ich sie mit ausgestrecktem Arm da sitzen, während ich mir innerlich zubrüllte, ruhig zu bleiben.

Dann, während ich versuchte, meinen Ärger zu unterdrücken, griff ich nach dem Umschlag. Was konnte sie denn dafür, dass ich berufliche Probleme hatte? Hätte ich mein aufbrausendes Wesen besser im Griff gehabt, wäre ich viel glücklicher gewesen. Aber das wusste sie ebenso gut wie ich, und sie wusste auch, dass sie mich am besten in Ruhe ließ ... Aber nein! Sie wusste, dass ein Nichts genügte, wenn ich in dieser Verfassung war ... Das Ergebnis war, dass ich ihr den Brief aus der Hand riss. Dann bereute ich es und versuchte einzulenken. Ich kämpfte mit dem Umschlag, der sich einfach nicht öffnen lassen wollte. Schließlich kam eine Karte zum Vorschein. »Eine Einladung«, sagte ich so gelassen wie möglich.

»Was ist mit dir?«, fragte sie, wobei sie sich angestrengt über eine schwierige Stelle ihrer Arbeit beugte, um nicht den Kopf heben zu müssen.

»Eine Hypnose-Vorführung …« Ich biss die Zähne zusammen und versuchte, vom Thema abzulenken.

»Was ist mit dir?«, fragte sie noch einmal, diesmal lauter, aber im gleichen Ton.

Ich atmete tief ein, als müsste ich Anlauf nehmen. Ich ließ die Karte auf den Tisch fallen und griff nach dem Glas, das ich kurz vorher abgestellt hatte. Suchend blickte ich mich nach der Karaffe um.

In diesem Augenblick unterbrach sie ihre Arbeit. Sie ließ die Hände auf den Schoß sinken, hob den Kopf und sah mich an. In ihren Augen stand immer noch dieselbe Frage.

Ich gab die Suche nach der Karaffe auf. Den Bruchteil einer Sekunde sah ich sie an. »Nichts! Was soll mit mir sein? Nichts ist mit mir! In Ordnung?«, platzte ich heraus, und all die aufgestaute Wut brach sich Bahn.

»Wenn es für dich in Ordnung ist …«, sagte meine Mutter ironisch. Sie nahm ihre Näharbeit wieder auf und verzog das Gesicht.

Der Damm war gebrochen. »Heute geht eben alles schief, in Ordnung? Es regnet schon wer weiß wie lange und ich schlafe schlecht und … Und … In Ordnung?« Meine Mutter verzog noch mehr das Gesicht. Ein skeptischer Seufzer. »Ich bin einfach erschöpft … Macht nicht so ein Gesicht!« Ein Gesicht wie ein hethitisches Idol. »Es tut mir Leid … In Ordnung? Ich bin gereizt. Das kommt vom Regen, das kennt Ihr doch.« Eisige Kälte. »Herrgott nochmal … Das kennt Ihr doch! … Habt Euch doch nicht so, ich gehe mit Euch zu der Vorstellung«, sagte ich schließlich flehend und griff nach der Einladung. Totale Starre des Gesichts. »Nun seid nicht so, seht doch mal die Einladung, wir schauen uns den Fakir an, ein echter Fakir aus Indien …« Totale Starre des Körpers. »Macht, was Ihr wollt! Ich ziehe mich jetzt um!«

Minutenlang bedrückendes Schweigen, bis der Kessel auf dem Herd endlich zu dampfen begann. Ich starrte auf das Wasser und steckte ab und zu einen Finger hinein: immer noch kalt, lauwarm … Raimonda nähte weiter, mit dem Eifer einer Braut, die an ihrer Aussteuer arbeitet. Ich stand am Kamin und drehte ihr den Rücken zu. Dann beschloss ich, dass es heiß genug sei, ich hielt die Warterei einfach nicht mehr länger aus. Ich trug den dampfenden Kessel in mein Zimmer, goss das Wasser in die Schüssel und tauchte mein Gesicht hinein. Nach einer Ewigkeit vollkommener Stille richtete ich mich auf. Der Spiegel zeigte ein müdes Gesicht …

Als ich nach einer guten Stunde rasiert und pomadisiert in die Küche kam, saß Raimonda immer noch da. Ich trug den dunklen Anzug, den eleganten. Auch als ich den englischen Mantel überzog, sagte sie immer noch kein Wort. Nichts, absolut nichts, nicht einmal als ich den Schirm nahm und die Haustür öffnete … um zu gehen.

Ich war wütend.

Das … *Größte Spektakel der Welt* fand in der *zu diesem Anlass besonders hergerichteten* Aula des Rathauses statt … Gegenüber dem Eingang, wo zwei Pagen in Kostümen, die wohl indisch sein sollten, *das erlesene Publikum* empfingen, befand sich ein plumper, mit rotem Stoff drapierter Aufbau, der als Bühne diente. Eine Ansicht von Bombay bei Sonnenuntergang bildete die Kulisse. Jedenfalls kam es mir so vor. Aber beschwören könnte ich es nicht. Wie gewöhnlich viele bekannte Gesichter, ich begrüßte diesen und jenen, machte dieser und jener Dame die üblichen Komplimente, winkte meinem Freund Poli zu, der mit zwei in Blau gekleideten jungen Frauen zusammenstand und sich mit den auf Hochglanz polierten Abzeichen eines Maresciallo brüstete … Ich streifte umher wie eine arme Seele, denn eigentlich hatte ich hier nichts verloren. Ich hasste Fakire, ich hasste den Regen, und an diesem Abend hasste ich auch mich selbst.

Plötzlich sah ich sie. Sie war schön. Verlegen schaute sie sich um. Sie erwartete jemanden. Ich war entzückt von ihrem unförmigen Kleid, das nicht zu ihrer schlanken Erscheinung passte, und von ihrem Strohhut, der mit Trockenblumen garniert war.

Ich ging auf sie zu, zeigte auf den Stuhl zu ihrer Linken und fragte: »Ist der Platz besetzt?«

Sie senkte den Kopf und verneinte. Ich forderte sie auf, Platz zu nehmen und setzte mich. Aber sie schüttelte den Kopf, ging in den Mittelgang und wandte sich dem Ausgang zu.

Erst als einer der Pagen zum zweiten Mal läutete, kam sie zurück.

Ich erhob mich noch einmal, um ihr beim Platz nehmen behilflich zu sein. Jetzt, wo sie dicht neben mir stand, konnte ich den Maiglöckchenduft riechen, der von ihrem Nacken ausging, wo unter dem Hut ihre rabenschwarze Haarpracht zu einem Knoten verschlungen war.

Es klingelte zum dritten Mal.

»Setzen Sie sich«, wagte ich zu sagen. Der Stuhl zu ihrer Rechten blieb leer.

Sie schüttelte den Kopf. »Ich kenne Sie doch gar nicht«, flüsterte sie, eher stolz als verlegen.

Ich schob das Kinn nach vorne, streifte den Handschuh ab, reichte ihr die Hand und stellte mich vor.

Verwirrt sah sie mich an. Vor lauter Überraschung wurden ihre Augen hinter dem Schleier immer größer. »Pattusi ... Clorinda«, sagte sie hastig. Aus dieser Perspektive sah der Hut mit den Strohblumen, der für einen regnerischen Abend denkbar ungeeignet war, aus wie die Kränze, die bei den Exequien bedeutender Toter von Waisenkindern getragen werden.

Verwirrt ist gar kein Ausdruck, ich war entgeistert.

Trotzdem, mit einer Selbstbeherrschung, die mich selbst überraschte, gab ich ihr die Hand, um unsere Bekanntschaft zu besiegeln, und meine Fingerspitzen streiften ihren seidenen Handschuh.

»Was für ein wunderbarer Zufall!«, beeilte sie sich festzustellen, als hätte sie meinen Namen erst in diesem Augenblick verstanden. Doch ihre Hand war zurückgezuckt, als hätte sie eine glühende Herdplatte berührt. »Erst heute Morgen habe ich mit meiner Schwester über Euch gesprochen«, sagte sie. Als sie sah, dass der Saal sich schon weitgehend gefüllt hatte, wurde Clorinda erneut verlegen.

»Erwartet Ihr noch jemanden?«, fragte ich und warf rasch einen unruhigen Blick auf den leeren Stuhl zu ihrer Rechten.

Sie nickte. »Eine Freundin«, sagte sie schließlich. »Ich habe bis zum dritten Klingeln auf sie gewartet … Sicher ist ihr etwas dazwischen gekommen. Ich wusste nicht, ob ich mir die Vorführung alleine überhaupt ansehen sollte … Wenn meine Schwester wüsste, dass ich alleine …«

»Ich bin froh, dass Sie gekommen sind.« Meine Stimme klang aufrichtig begeistert. Zum ersten Mal an diesem Tag. Ehrlich gesagt, zum ersten Mal seit langer Zeit. O Wunder der Genetik: Clorinda sah ihrer Schwester überhaupt nicht ähnlich. Sie war *genauso* schön wie ihre Schwester hässlich. »Meine kleine byzantinische Königin«, schoss es mir durch den Kopf, spontan, wie es sich für einen Dichter gehört. Die Intuition des Dichters. Er weiß nicht, woher sie kommt, sie ist einfach da. Und schon hatte ich den Regen vergessen. »Betrachten Sie mich ab sofort als Ihren Kavalier. Auch ich bin allein hier: Wahren wir also die Konvenienz.«

Clorinda musterte mich ausführlich: ich war groß, mein breites Gesicht war nicht unattraktiv. Warum sollte ich das leugnen, warum sollte ich in dieser heiklen Situation bescheiden sein? Meine vollen Lippen waren von einem pechschwarzen Bart umrahmt, dessen Pflege, so mag sie vielleicht gedacht haben, mich stundenlange Arbeit gekostet haben musste. Meine schwarzen Augen waren wie glühende Kohlen. Die Hände durchscheinend blass, lang und schmal. Ich weiß, dass Clorinda bei ihrem Anblick dachte: die Hände eines Pianisten, die Hände eines Wissenschaftlers, oder einfach die Hände eines Anwalts. Aber nein: die Hände eines Dichters …

Ich starrte auf die improvisierte Bühne, während sie den Blick auf meine rechte Gesichtshälfte heftete. Ich beschloss, mich nicht zu ihr umzudrehen.

»Das Tollste ist, dass ich nur hier bin, weil meine Freundin mich dazu überredet hat. Und dann hält sie unsere Verabredung nicht ein …«, erklärte Clorinda und hob den Schleier vom Gesicht. »Ich war gar nicht so sicher, ob ich mir diese Vorstellung überhaupt ansehen wollte. Ein wenig fürchte ich mich davor, ich habe gehört, dass es unheimlich sein soll.«

Ich sah sie an und lächelte. Die pomadisierten Schnurrbarthaare sträubten sich nach oben. »Das sind doch bloß *Jongleries,* meine Liebe«, sagte ich, wobei ich versuchte, dem *meine Liebe* einen väterlichen Ton zu geben.

Dann gingen die Lichter aus. Rasch wurde der leere Platz rechts von meiner *Königin* von einem jungen Mann eingenommen, der bis zum Einsetzen der Musik gestanden hatte.

Der Fakir Ahmed Bessaui, der in den berühmtesten Theatern der Alten und der Neuen Welt Triumphe gefeiert hatte, war ein korpulenter, dunkelhäutiger Mann. Er stellte sich in die Mitte der Bühne und bat um Konzentration und absolute Ruhe. Dann begann er, mit tiefer Stimme zu sprechen. Ein Männlein mit steifem Hut war aufs Proszenium getreten und übersetzte simultan aus der eigenwilligen Sprache des Fakirs. »Was Sie jetzt sehen werden, ist das Ergebnis absoluter Konzentration eines Mannes, der als Heiliger gilt. Die Sufis glauben, dass der Körper in der Begegnung mit dem Göttlichen zur bloßen Hülle wird und die Seele zum undurchdringlichen Panzer. Schmerz und Lust werden zu bloßen Abstufungen von Schwäche, Symptome einer missglückten Begegnung, eines verfälschten Kontakts … Allah zeige seine Macht!«

Die Oboe spielte ein bewegendes Stück. Die beiden Pagen, diesmal mit Turban und entblößtem Oberkörper, trugen ein Kohlenbecken auf die Bühne, aus dem glühende Stäbe hervorschauten. Der Fakir schloss die Augen und tastete nach dem Becken. Er presste die

Lippen zusammen und ergriff einen der Stäbe an der glühenden Seite.

Clorindas Brust blähte sich, als wollte sie mehr Luft aufnehmen, als zum Atmen erforderlich war. Ein gepresstes »Oh« entfuhr ihrem kreisrunden Mund. Ihre behandschuhte Hand krallte sich in den Raum vor ihr, als suchte sie nach einem Halt. Sie wandte den Blick von der Bühne ab und drehte sich zu mir; sie machte ein Gesicht wie ein Kind, das sich fürchtet, aber trotzdem nicht wegschauen kann.

»Jongleries«, versicherte ich noch einmal.

Das Publikum war unruhig geworden. Dann, als sich der Fakir den glühenden Stab auf die Zunge legte, wuchs sich das Gemurmel zu einem allgemeinen »Ohhh« der Bestürzung aus …

»Einen Schnaps!«, sagte ich zu dem Mann hinter der Bar. »Den habt Ihr jetzt nötig«, flüsterte ich ihr zu.

Ich führte sie zu einem Tischchen und schob ihr den Stuhl zurecht.

Jetzt, wo sie mir gegenübersaß, konnte ich sie in aller Ruhe betrachten. Sie war gar nicht so jung, wie ich zunächst geglaubt hatte. Aber das störte mich nicht. Die Nase ragte vielleicht ein wenig zu weit vor, und die schwarzen Augen standen ein wenig zu eng beieinander. Am Hals zeigten sich die ersten Falten. Insgesamt wirkte sie zart, aber energisch.

»Für mich auch einen!«, sagte ich rasch zu dem Kellner, dessen Anwesenheit ich erst jetzt bemerkt hatte.

»Es ist sonst nicht meine Art, mich von Unbekannten einladen zu lassen«, sagte sie. »Aber nach dieser Vorstellung, mein Gott! Wie kann man nur, sich die Augäpfel herausstülpen!« Sie meinte die Übung des Fakirs, bei der sie am meisten gezittert hatte. »Das war noch schlimmer als der Dolch, den er sich durch die Wange gestoßen hat.«

Ich schüttelte den Kopf, während ich darauf wartete, dass der Kellner sein Servierritual beendete. »Die Augen sind auch nur Muskeln!«, sagte ich und sah sie eindringlich an. »Jeder Physiologe könnte darlegen, dass man durch tägliche Übung, durch konstantes Dehnen der Sehnerven deren Elastizität soweit steigern kann, dass der Zuschauer schließlich glaubt, die Augäpfel würden tatsächlich aus den Höhlen springen. Aber das heißt noch lange nicht, dass das wirklich geschieht. Was den Dolch in der Wange betrifft, so ist die Gesichtshaut absolut elastisch. Ihr habt doch nicht etwa geglaubt, dass der Dolch wirklich die Haut durchstoßen würde? Übung, meine Liebe, tägliche Übung, die richtigen Bewegungen, eine faszinierende Musik, eine unverständliche Sprache. Alles bis ins Detail durchdacht.« Während ich *meine Liebe* sagte, spitzte ich die Lippen und hob das randvolle Glas an den Mund.

»Wollt Ihr damit sagen, dass alles nur Schwindel war?«, fragte sie mit bewundernswertem Scharfsinn.

Ich rieb mir die Nase. »Genau das will ich sagen, meine Liebe.«

»Das kann ich nicht glauben, es wirkte alles so echt!«, kommentierte sie und konnte ein hysterisches Lachen nicht unterdrücken.

Sie ließ sich von mir nach Hause bringen, es hatte beinah aufgehört zu regnen. Jetzt funkelten überall Sterne, die das großmaschige Korbgeflecht der Wolken kaum zurück zu halten vermochte. Ein zarter Lichtstrahl fiel vom grau gescheckten Himmel auf uns herab und umgab die Häuser mit einer magischen Aura. Die Straßenlaternen bildeten Girlanden aus leuchtenden Kugeln, die sich im glänzenden Pflaster spiegelten.

Ja, das war es. Der Sturm schien vorüber, mein Herz war plötzlich ruhig und erwartungsvoll wie bei einem Neugeborenen, das sich an die Brust der Mutter schmiegt. Ich ging ein paar Schritte vor Clorinda, um sie zu führen, um ihre zierlichen Füße, die in hauchdünnen Schnürstiefeln steckten, mal vor einer Pfütze, in der ein Stück Mond ertrank, mal vor einer besonders glitschigen Platte, die glatt war wie die Kruppe eines Hengstes, zu warnen.

In meinem Kopf drehte sich jetzt ein Reigen angenehmer Bilder. Ja, in meinem plumpen Körper tanzten Metaphern eine wilde Polka, die Wörter fügten sich zu Versen, als würden Nymphen ihre Kränze flechten. Selbst die Berge kicherten, als kitzelte sie die plötzliche Süße der Nacht.

O Gott, was für eine Nacht!

Der funkelnde Mond warf goldene Speere durch die zerrissene Wolkendecke.

Vorsichtig, damit ihr Rocksaum nicht nass wurde, setzte Clorinda einen Schritt vor den anderen.

Ach, Clorinda, meine Herrschaften, noch immer treten mir die Tränen in die Augen, wenn ich nur daran denke! Ein Name von reinster, sprühender Poesie, wie eine barocke Rüstung mit Messingbeschlägen.

Clorinda, die Kriegerin, und ich Tancredi.

»So, das reicht«, sagte sie plötzlich. »Ich bin fast zu Hause … Vielen Dank«, sagte sie noch. »Sie waren sehr freundlich«, sagte sie noch. »Ich wünsche Ihnen eine gute Nacht.« Sie sprach nicht weiter …

Sie gab mir die Hand, ohne den Handschuh auszuziehen. Ich drückte sie. »Nun …«, setzte ich an. »Darf ich vielleicht …« Sie zog die Hand zurück und runzelte die Stirn. »Ich dachte, es wäre doch …«, setzte ich noch einmal an. Reglos stand sie da und wartete, dass ich meinen Satz beenden würde. »Gute Nacht«, stieß ich plötzlich hervor.

»Bis bald«, sagte sie und lächelte.

Ein seltsam warmer Wind hatte sich erhoben. Mit leichten Stübern in den Nacken wies er mir den Weg nach Hause. Der Regen hatte sich in lauwarmen, klebrigen Tau verwandelt.

Ich kreuzte die Arme, griff mich selbst bei den Schultern und umarmte mich. »Alles wird gut«, schrie ich zum fadenscheinigen Gewand des Himmels hinauf. »Alles wird gut.«

Den schlimmsten Albtraum meines Lebens hatte ich, als ich fünf Jahre alt war. Der Himmel über dem Meer war in Aufruhr, blendende, rote Regenwolken wirbelten durch die Luft. Es war still, aber in der Stille rumorte es.

Und das Rumoren kam immer näher. Als würden die roten Wolken mit Händen nach mir greifen und meine Schläfen zusammenpressen. Alles erbebte, erbebte wirklich. Schlag auf Schlag, das gewaltige Schlagen eines gewaltigen Herzens über mir. Schon tropfte es auf meine Kleider, auf meine Hände, bald würde es platzen. Ich war erst fünf, und ganz allein, aus einer Schlucht schaute ich hinauf zu diesem berstenden Blutbeutel über mir. Und unten das Meer. Fette Spritzer trafen mein Gesicht und meine Hände. Blut. Himmelsblut.

Jetzt träumte ich, ohne dass es mir bewusst war, von damals, sah mich selbst, wie ich diesen Albtraum träumte.

Der Morgen war schwer wie Blei.

In der Küche saß meine Mutter, unsere

Blicke kreuzten sich, nur für einen Augenblick. Das reichte. Scheinbar alles normal: das Frühstück war fertig, im Kamin prasselte das Feuer. Nur in ihren Augen lag immer noch diese inständige Feindseligkeit, ich musste auf der Hut sein.

»Guten Morgen«, brummte ich und setzte mich an den Tisch.

Als Antwort schob sie das Kinn vor.

»Ich habe Guten Morgen gesagt«, sagte ich herausfordernd.

»Ja, ja, guten Morgen, guten Morgen ...«, sagte sie schroff.

»Hört mal, gestern Abend hattet Ihr keinen Grund, beleidigt zu sein. Ich war einfach müde, Ihr wisst doch, wie das bei mir ist ...«

»Was soll ich dazu sagen?«, begann sie. »Dann bin ich heute müde, ich bin es leid, dass du mich wie ein Dienstmädchen behandelst!«

»Dienstmädchen? Wieso denn? Das stimmt doch gar nicht.«

»Hör zu«, sagte sie nach einem langen Seufzer. »Ich kann jederzeit zu deinem Bruder ziehen; wenn du ungestört sein willst, brauchst du es nur zu sagen ... und ich gehe.«

»Aber was redet Ihr da? Was habe ich denn getan?«, erwiderte ich wie ein Kind, das beim Stehlen erwischt wird.

»Wenn du das nicht weißt!«, erwiderte sie patzig.

»Jetzt hört mal, heute ist ein schöner Tag. Schaut nur, es hat aufgehört zu regnen …«

»Und gestern Abend … hast du dich amüsiert?« Die Worte kamen häppchenweise. Dann sah sie mich an.

»Ihr wisst also schon Bescheid! Kompliment! Ja, ich habe mich amüsiert, und wie!«, übertrieb ich. »Na und? Ich bin ja wohl alt genug!«

»Ja, aber … dein Verstand, der ist offenbar zurückgeblieben.« Das hatte gesessen.

Schweigen.

Mein Magen verkrampfte sich. Ich war wütend. Nur meine Mutter konnte mich soweit bringen. Ich versuchte, einen Löffel Milch zu schlucken. »Irgend etwas wurmt Euch doch? Was nur?«, schrie ich fast.

»Wenn du es unbedingt wissen willst, bitte«, sagte sie demonstrativ und setzte sich mir gegenüber.

Schweigen.

»Diese Pattusi hat einen schlechten Ruf«, murmelte sie schließlich.

»Ach, das ist es also …«, konstatierte ich.

»Die kommt mir nicht ins Haus. Ich habe es kommen sehen. Ich hab's genau gewusst, dass es so enden würde, ich hab's in einer Vision gesehen!« Jetzt versuchte sie es mit Pathos.

»Worüber macht Ihr Euch eigentlich Sorgen?«, fragte ich, und in diesem Augenblick war ich ehrlich. »Das ist doch meine Arbeit! Davon leben wir! Damit verdiene ich unsere Brötchen! Ich habe sie gestern Abend zufällig getroffen, es ging ihr nicht gut und ich habe sie nach Hause gebracht. Na und? Muss ich mich etwa mit zweiunddreißig noch rechtfertigen? Es war Zufall!«

»Den Zufall, mein Sohn, den machen wir selbst. Mithilfe ihrer Schwester, der Hexe, hat sie dich verzaubert, Gott steh uns bei!«

»Was redet Ihr da, das ist doch dummes Zeug! Das gibt's weder im Himmel noch auf Erden!«

»Ja, ja, du wirst schon sehen! Aber solange ich lebe … da sei Gott vor!«

Damit war die Unterhaltung gestorben.

Ich versuchte, das Frühstück zu beenden, aber es ging nicht: die Kehle war wie zugeschnürt. Ich stand auf. »Ich gehe ein paar Schritte«, flüsterte ich.

Ich hatte noch nicht den Mantel an, da klopfte es an der Tür.

Mit einer Mischung aus Angst und Misstrauen sah ich Maresciallo Poli an. »Tot?«, fragte ich zum wiederholten Male.

»Letzte Nacht«, antwortete er geduldig. »Er hat sich die Pulsadern aufgeschnitten. Bei Schichtwechsel haben sie ihn gefunden.«

»Selbstmord! Wie ist denn das möglich?« Ich wusste nicht, was ich sagen sollte.

»Der Bericht des Arztes lässt keinen Zweifel zu.«

»Arzt? Welcher Arzt denn?«

»Orrù, der Gefängnisarzt, Avvocato.«

»Ach ja, Orrù, Orrù … Sind die Angehörigen schon verständigt?«

»Vor einer Stunde … Die Tante des Toten hat Euch als Rechtsanwalt angegeben, deshalb wollte ich Euch persönlich Bescheid sagen …«

»Sehr freundlich von Euch.«

»Geht es Euch nicht gut?«

»Doch, doch, es geht mir gut. Ich verstehe nur nicht … Wie hat er es gemacht?«

»Mit einem Messer, es steckte noch in einer Ritze im Fußboden, als wir ihn gefunden haben.«

»Aber wie ist er denn zu dem Messer gekommen?«

»Das wird gerade untersucht … Apropos Tante, vor einiger Zeit hat sie versucht, ihm ein Messer zukommen zu lassen … Vermutlich ist es ihr schließlich gelungen …«

»Das ist doch absurd, Maresciallo! Wollt Ihr damit sagen, Filippo Tanchis sei in den Selbstmord getrieben worden?«

»Das wäre die logischste Schlussfolgerung. In drei Wochen sollte der Prozess beginnen.«

»Das ist doch Unsinn, Maresciallo, für ihren Neffen hätte die Frau sich in Stücke reißen lassen! Sie wollte ihn aus dem Gefängnis holen, um jeden Preis.«

»Gut gesagt, um jeden Preis.«

Gut eine Minute stand ich schweigend da. Natalino Orrù kehrte mir den Rücken zu. Er war gerade dabei, in einem Glasschrank Medizinfläschchen zu sortieren. Da die Tür sperrangelweit offen gestanden hatte, brauchte ich nicht anzuklopfen. Ich hatte einfach den Raum betreten und wartete nun, dass er mich bemerkte.

»Natalì ...«, sagte ich leise, um ihn nicht zu erschrecken.

»Oh, Bustià, was machst du denn hier?«, sagte er nur, ohne sich umzudrehen.

»Nun tu mal nicht so, du hast doch mit meinem Besuch gerechnet.«

»Ja, stimmt ... Es geht um den Selbstmord von diesem Tanchis, nicht wahr?«, fragte er und lächelte mir verschwörerisch zu.

Ich nickte. »Wie lag er da, als ihr ihn gefunden habt?«

»Das kann ich dir nicht sagen. Als ich dazukam, hatten sie die Leiche schon bewegt. Alles war voller Blut, es war praktisch unmöglich, nicht in Blut zu treten, wie in einem

Schlachthof. Fest steht nur, dass er gesessen hat, als er sich die Pulsadern aufschlitzte, und das Blut direkt auf den Boden gelaufen ist. Danach ist er ohnmächtig geworden und im Fallen mit dem Genick auf die Pritsche geschlagen.«

»Er hat gesessen?«

»Ja, am Rücken war das Hemd völlig durchgeweicht, vorne und an den Schultern dagegen blitzsauber. Ein Zeichen dafür, dass sich das Hemd erst nach dem Sturz mit Blut vollgesogen hat. Außerdem war der Boden unter der Hose sauber. Er hat sich nicht auf das Blut gesetzt, das Blut ist erst danach geflossen. Nur wenn Tanchis sich erst hingesetzt hätte … nachdem er sich *die Pulsadern aufgeschnitten* hatte, wäre die Hose hinten beschmiert worden. Versteht du? Das Blut gerinnt. An der Luft wird es in wenigen Minuten fest … Wenn die Schnitte entschlossen ausgeführt werden, tritt rasch eine große Menge Blut aus. Trotzdem dauert es mehr oder weniger zehn Minuten, bis man ohnmächtig wird … Kein Zweifel.«

Kein Zweifel. Diese Worte würde auch ich gerne einmal aussprechen, ohne dass ein bitterer Nachgeschmack zurückbleibt. Auch ich hätte gerne eine Wahrheit, die einfach und sauber ist wie eine gute Tasse Milch ... Nichts gegen Natalino Orrù, er ist ein anständiger Mensch, aber manchmal macht er sich die Sache zu leicht. Wie damals, als er eine Bauchfellentzündung als Verstopfung diagnostizierte und den Kranken damit fast ins Grab gebracht hätte. Einfache Bauchschmerzen, hatte er damals gesagt. Nur, dass es sich bei dem Kranken um den Sohn eines einflussreichen Mannes handelte, der dieses Versehen überhaupt nicht schätzte und sich deshalb an mich wandte. Himmel und Hölle musste ich in Bewegung setzen, um ihn von einer Anzeige abzubringen. Schließlich einigten wir uns darauf, Orrù einen strengen Verweis zu erteilen. So ging ich in die Ambulanz und teilte ihm mit, dass er nur deshalb um ein Verfahren wegen Fahrlässigkeit herumgekommen sei, weil der junge Mann Gott sei Dank wieder gesund sei und der Vater deshalb zwar von einer Anzeige absehe, ihn aber für die Zukunft warnen wolle. Das war vor drei oder vier Jahren.

Damals hatte Orrù mich ungläubig angeschaut und gesagt, das sei doch kein Fehler gewesen – ob nun Verstopfung oder Bauchfellentzündung, Bauchschmerzen seien es auf jeden Fall gewesen. Kein Zweifel ...

So ist das mit der Wahrheit. Ein junger Mann, der im Gefängnis sitzt, begeht Selbstmord, und niemand zweifelt daran. Bisweilen ertappe ich mich bei dem Gedanken, dass man, um keine Zweifel mehr zu haben, Dinge wissen müsste, die man nie im Leben herausfinden kann.

Und selbst wenn – ich bin mir nicht so sicher, ob ich jemals im Stande wäre, keine Zweifel zu haben.

Deshalb musste ich mit dem Gefängniswärter Carrus reden.

Ich ging in die Rotonda, wo man mir sagte, dass er Nachtdienst gehabt habe und erst am Nachmittag wiederkomme. Aber so lange konnte ich nicht warten.

Ich wollte nicht warten. Sei nicht immer so skeptisch und ungeduldig, Bustià, der Blitz soll dich treffen!

Im Vertrauen darauf, dass wir uns schon einige Male begegnet waren, ließ ich mir seine Adresse geben.

Vor seiner Tür hielt ich kurz inne. Schließlich klopfte ich. Er kam selbst, um aufzumachen.

»Kommt herein, Avvocato! Was verschafft mir die Ehre?« Carmelo Carrus sprach mit belegter Zunge, wie einer, der gerade erst aufgewacht ist, obwohl es schon bald Mittag war.

»Störe ich?«

»Ihr stört doch nicht! Kommt herein! Nerì, biete dem Avvocato etwas an.«

»Nein danke, das ist wirklich nicht nötig ... Ich bleibe auch nicht lange. Ich wollte dich nur schnell etwas fragen, dann kannst du weiter schlafen. Ich weiß, dass du Nachtdienst hattest ...«

»Wisst Ihr, Avvocato, nach fünfzehn Jahren hat man sich daran gewöhnt, wenig zu schlafen. Bei dem Beruf frage ich mich manchmal, ob nicht ich der Gefangene bin und die hinter Gittern meine Wärter ...«

»Ich komme wegen diesem Tanchis, den du tot in der Zelle gefunden hast ...«

»Ich habe schon gehört, dass Ihr Euch um den Fall kümmert. Was soll ich Euch sagen, Avvocato, ich wollte ihn wecken, aber er war tot. Das reinste Blutbad, Avvocato. Ich habe in meinem Leben ja schon viele Tote gesehen, aber so viel Blut ...«

»Wie war das genau?«

»Wie der Tote war? ... Er schien ganz ruhig, Avvocato ...«

»Du hast mich falsch verstanden, wie er dalag, meine ich. Wie lag er, als du ihn gefunden hast?«

»Auf dem Boden, Avvocato, die Arme leicht geöffnet, so ... Und dann war da das ganze Blut, zwei runde Lachen, wie wenn man Öl auf den Boden gießt. Aber er sah zufrieden aus. Und sein Hemd war schneeweiß, kein bisschen schmutzig. Was für ein Anblick, Avvocato …«

»Entschuldige, wenn ich darauf beharre … ich weiß, dass es dir vielleicht merkwürdig vorkommt, aber kannst du es mir mal vorführen …«

»Ihr meint, ich soll mich auf den Boden legen, Avvocato?«

»Ja, auf den Boden. Du sollst mir zeigen, wie er gelegen hat …«

Es regnete nicht mehr. Die Stille wurde immer beklemmender, wie ein schwerer Mantel, der die Brust einengt. Ein betäubender Duft lag in der Luft.

Die Barbagia hatte sich in eine wahre Kräuterkammer verwandelt.

Ein warmer Südwestwind blies von unten, als käme er aus dem Schoß der Erde, den Tiefen des Meeres.

Diesem klebrigen Dunst haftete etwas Unvollendetes an, als hinge etwas in der Luft, das seine endgültige Form noch nicht gefunden hatte. Denn die Temperaturen waren gestiegen, und die alten Frauen schworen, das bedeute nichts Gutes, ganz und gar nicht … Auch sie beließen es bei Andeutungen.

Das afrikanische Phänomen, so nannten es

die Meteorologen. Eine Art Sommereinbruch, mitten im Winter, rot, dick und schwer wie Tinte.

Ich ging bergan, von Séuna zum Corso hinauf.

Auf solchen Wegen pflege ich zu schreiben. Schreiben wie ich es verstehe. Dabei wird mein Kopf zu einem weißen Blatt, auf dem sich Bilder und Gedanken in Metren und Metaphern verwandeln. Eine Stimme, die mich immer begleitet, liest sie mir vor. Sie ist streng und lässt sich durch banale Lösungen nicht täuschen. Sie wiederholt mir, was ich geschrieben habe, und äfft mich nach, nimmt mich auf den Arm, wenn ich nicht die richtigen Worte finde, wenn ein Geruch, ein Geschmack, eine Pflanze, ein Morgenhimmel sich nicht in eine Melodie aus Bildern verwandeln will. Manch einer wird sagen, das sei meine innere Stimme. Ich sage nur, dass sie immer da ist, vielleicht die einzige Person, die mich nie im Stich gelassen hat. Der Fluch der Dichter, die niemals aufhören können zu schreiben. Und was sie dazu am allerwenigsten brauchen, sind Papier und Feder …

Aber an diesem Morgen las meine innere Stimme keine Gedichte. Sie gewährte mir eine Atempause und erging sich in Vermutungen.

Vermutungen, die, genau besehen, eigentlich auch eine Art Dichtung waren: Die Fakten als Gegner betrachten, sie an den Haaren von der Gewissheit in die Ungewissheit zerren, sie in die Enge treiben und bis zum Äußersten reizen, um ihren Widerstand auf die Probe zu stellen.

Und unterdessen glitt die Straße unter meinen Füßen dahin, und meine Augen schauten, ohne etwas zu sehen …

Selbstmord, sagte die Stimme immer wieder. Und allein das Aussprechen dieses Wortes hatte etwas Endgültiges. Unabwendbares. Folglich musste man bei diesem Selbstmord beginnen, ihn ins Visier nehmen wie den schlimmsten Feind, ihm keine Ruhe lassen.

Meine Stimme wies mich auf das Ladenschild von Malgaroli hin, ein roter Schriftzug auf weißem Grund, wie das Kreuz auf dem Wappen der Templer.

Das Schreibwarengeschäft von Giulio Malgaroli war ein kleiner, mit weißem Papier und Heften vollgestopfter Raum. Der mit Schubladen bestückte Verkaufstresen verströmte einen eigenartigen Geruch nach Bleistiftminen und Süßkram.

»Rote Tinte«, verlangte ich.

Malgaroli, der vom Kontinent stammte, war ein Mann in den Fünfzigern. Über dem Hemd trug er stets Ärmelschoner wie die Angestellten der Post, wer weiß, ob vielleicht in Übersee ...

»Die gibt es in kleinen und großen Fläschchen«, sagte er mit seiner typischen Aussprache, einer Mischung aus dem lieblichen Dialekt der Toskana und dem harten der Barbagia.

»Zwei große Fläschchen ...«

Ich ging nach Hause. Ohne in der Küche vorbeizuschauen, betrat ich mein Zimmer. Raimonda war beim Plätzchenbacken. Einen Augenblick spielte ich mit dem Gedanken, die Sache abzublasen. »Los, Bustià«, sagte ich zu mir selbst, »heute ist ein guter Tag zum Wandern, das musst du ausnutzen, um einen *Sempre caro* zu machen. Erst konntest du es gar nicht abwarten, dass der Regen endlich aufhört, und jetzt?« Ein schöner Spaziergang nach Sant'Onofrio, um mich wieder zu fangen, um die Gedanken zu ordnen. Jetzt, da der Regen aufgehört hatte.

Aber ich blieb zu Hause.

Ich ging an den Schrank im Flur und nahm ein paar weiße, mit Soda gewaschene Hemden heraus. In meinem Zimmer zog ich das erste Hemd an und setzte mich auf den Boden. Ich nahm ein Fläschchen in die rechte Hand und goss reichlich Tinte über das linke

Handgelenk, dann nahm ich das Fläschchen in die linke Hand und machte das Gleiche mit dem rechten Handgelenk. Mehrmals wiederholte ich den Versuch. Es war nichts zu machen, ich schaffte es nicht, ohne mich zu bekleckern. Nachdem ich zuerst das Hemd zwei Mal am Bauch beschmiert hatte, als ich das Fläschchen von einer Hand in die andere nahm, ging ich dazu über, die Hände bei meinem Experiment möglichst weit vom Körper wegzuhalten. Das Hemd blieb zwar sauber, aber die Hose war am Knie beschmiert.

In diesem Augenblick kam meine Mutter ins Zimmer. Sie stieß einen Schrei aus, den ich nie vergessen werde. Genauso wenig das Gesicht, das sie machte, als ich aufstand, um ihr alles zu erklären.

Poli empfing mich mit einem Lächeln. »Ich weiß zwar nicht, wieso, aber ich hätte darauf gewettet, dass wir uns bald wiedersehen ... Was haben Sie mit Ihren Händen gemacht?«

»Och nichts, das ist nur Tinte ...«, ging ich darüber hinweg. »Filippo Tanchis hat sich nicht umgebracht«, schleuderte ich ihm entgegen.

Das Gesicht, das Poli machte, sobald er meine Mitteilung verarbeitet hatte, wäre für Professor Puligheddu von großem Interesse gewesen, in puncto Farbabstufungen, meine ich. Sein Erstaunen wich einem skeptischen Lachen. »Und ich bin der Kaiser von China«, sagte er.

»Ich habe mir die Kleidungsstücke angesehen, die Filippo Tanchis bei seinem vermeintlichen Selbstmord getragen hat. Vorne hat die Hose keine Flecken, weder am Knie, noch am Oberschenkel, noch am Schienbein, vorne ist kein einziger Tropfen Blut. Auch das Hemd ist sauber ... das würde ja noch passen. Aber die Hose, nein, das passt ganz und gar nicht ...«

»Und wo sind sie hin, die Flecken? Haben sie es mit der Angst bekommen, als sie Ihr Gefasel gehört haben?«

Ich schwieg einen Augenblick. »Die Sache ist ernst. Da gibt es nichts zu lachen.«

»Das habe ich befürchtet«, jammerte Poli.

»Ich hab's ausprobiert, ich habe den Selbstmord simuliert, es ging nicht. Wenn das Hemd sauber blieb, war die Hose beschmiert. Es ist unmöglich, sich die Pulsadern aufzuschneiden, ohne Hemd oder Hose vorne zu beschmieren. Versuchen Sie es selbst!«

»Hier?«, fragte Poli und stand auf.

»Ja, hier. Ich habe es in meinem Zimmer probiert und mich dazu auf den Boden gesetzt. Aber der Ort spielt keine Rolle, entscheidend ist die Methode. Nur zu, tun Sie so, als wollten Sie sich die Pulsadern aufschneiden. Wie würden Sie vorgehen?«

Poli sah mich verblüfft an, setzte sich aber vor seinem Schreibtisch auf den Boden. »Was Sie immer von mir verlangen«, sagte er und wollte wieder aufstehen.

»Nur zu«, ermunterte ich ihn. »Wenn ich Unrecht habe, lasse ich mich einen Monat lang nicht blicken.«

»Da kann ich einfach nicht widerstehen. Also, was soll ich tun?«

»Nun, Sie haben ein Messer in der linken Hand ...«

»Ich lege das Messer an das rechte Handgelenk und schneide.« Er streckte die Arme nach vorne und spielte es nach.

»Gut, denken Sie daran, dass reichlich Blut austritt und überall hinspritzt. Was jetzt?«

»Ich nehme das Messer in die rechte Hand ...«

»Halt!«, rief ich. Der Maresciallo erstarrte zu einem lebenden Bild. »Jetzt sind ihre Hosen schon verschmiert, aus dem Handgelenk tropft doch das Blut ...«

Poli probierte es auf jede nur erdenkliche Weise, in allen Stellungen – es ging nicht. Ich hatte es ja gewusst. »Sie sind ein wahrer Teufelsbraten!«, rief er ärgerlich und sprang auf. »Und jetzt?«

»Jetzt steht fest, dass er sich nicht umgebracht hat: Saubere Hose, kein Selbstmord«, sagte ich triumphierend. »Filippo Tanchis wurde erst mit einem Schlag auf den Nacken betäubt, und dann *wurde* er sozusagen selbstgemordet.«

Die Berge hatten Fastenpurpur angelegt. Wie in jungen Wein getaucht, den jungen Wein des Himmels. Von meinem Hügel, auf meinem Felsen sitzend, grüßte ich das Land, das wie Gelatine und Opal glänzte: Sa 'e Mureddu, Sa 'e Ledda, Terra Ruja, Molimentu.

Ein Karmesinfilter hatte die Vielfarbigkeit aufs Monochrome reduziert. Es war die Luft, dicht wie der Atem einer Lokomotive, rubinrotes Beben. Der manische Pinselstrich eines wahnsinnigen Malers.

So kam es, dass mein Blick, wo immer er verweilte, vom Ortobene bis Cucullìo, nichts anderes sah als Variationen des Immergleichen: Dunkelorange und Lila, dann, weiter unten, Altrosa, bis zum satten Rot der Täler.

Von dort oben sah die Landschaft aus wie ein Eimer voller Innereien, als hätte man für die Feiertage ein Schaf geschlachtet, das nun darauf wartete, mit Kartoffeln gekocht zu werden.

Über mir wirbelten die Wolken, fiebrig wie zuckende Herzen.

Der Regen überraschte mich auf der Flucht.

Dicke faserige, mit Wüstensand verkrustete

Tropfen von Blut und Auswurf zerplatzten auf dem Feldweg und auf den erschöpften Blättern.

Die Himmelsmembran war gerissen, und nun stürzte all dieses Rot auf uns herab.

Nun wälzte sich das Wasser träge die Hänge hinunter, cremig von Lehm und Sand.

Das afrikanische Phänomen – die Wüste regnete auf uns herab.

Pfeifend trieb ein asthmatischer Wind den herumliegenden Dreck vor sich her, der sich über den Boden schlängelte, langsam und gründlich füllte er jede Ritze. Eifrig bemüht, keine Gasse auszulassen, keinen Hof, Garten oder Platz, nichts anderes im Sinn, als immer neues Gelände zu erobern.

Nùoro zuckte unter einer alles erstickenden Membran. Man rang nach Atem. Man keuchte wie in der Juliglut. Die klatschnassen Kleider rochen nach Schnittlauch und Oregano.

Etwas Ähnliches hatte es schon einmal gegeben. Als ich noch keine zehn war und mein Urgroßvater Gungui schon über siebzig, hatte er mir davon erzählt, so etwas hatte er schon erlebt.

Damals, im Oktober 1820. Neun Tage und neun Nächte hatte es so stark geregnet, dass Christenmenschen ebenso ertranken wie Maulwürfe unter der Erde. Ein klebriger heißer Odem hatte sich von Süden herangewälzt und war mit heftigen Böen über die Barbagia hereingebrochen. Und die Berge hatten Blut geschwitzt.

Liebevoll und einladend war dieses Land, und so hatte die Windsbraut beschlossen, sich ihm in die Arme zu werfen.

Grausam und rachsüchtig war dieses Land, und so hatten die spitzen Gipfel so lange nach dem afrikanischen Weib gestochen, bis die ersten Tropfen fielen.

Man konnte nicht nach oben schauen, denn ihre schweren Brüste lasteten auf den Menschen wie ein Saumsattel voller Steine auf dem Rücken des Esels.

Es war schon einmal geschehen.

In eben jenem Oktober 1820, dem Jahr, als die Allmende per Dekret abgeschafft wurde. Und der Zorn der armen Leute hatte darin ein klares Zeichen gesehen.

Der tödliche Schwaden kam im Gefolge der königlichen Ausrufer, die die Einhegung des Weidelands bekannt gaben.

Mit dem Erlass kam ein Gestank nach Sumpf und Rost, und Täler und Berge wurden mit Blut getränkt. Nicht Gold oder Brot verhießen Reichtum, sondern Steine zur Einfriedung der Ländereien und Arme, um die Steine aufzuschichten – das besagte der Erlass. Und zu dem Blut vom Himmel kam das Blut der Menschen, das Massaker auf den

Weiden. Hätte man Himmel und Erde vertauscht, es hätte nichts geändert: Menschen und Wolken, beide kämpften auf dieselbe Art. Wozu also geboren werden, in diesem Land, wo es keinen Unterschied zwischen oben und unten mehr gab …

»Alles!«, antwortete ich barsch.

»Aber Avvocato, alles, was es zu sagen gab … ich weiß wirklich nicht«, versuchte Franceschina Pattusi auszuweichen.

»Die Sache ist noch nicht abgeschlossen! Nicht, solange ich nicht weiß, ob Ihr mich nicht an der Nase herumgeführt habt. An der Sache ist etwas faul, verstanden?«

»Was wollt Ihr denn noch wissen?« Die Frau war auf dem Küchenstuhl zusammengesunken. In ihrem Gesicht spiegelte sich die Überraschung darüber, dass ich ohne Voranmeldung in ihr Haus gekommen war.

»Beispielsweise, was an dem Abend passiert ist, an dem Solinas ermordet wurde. Wie kam es, dass Filippo unbemerkt das Haus verlassen konnte?«

»Meine Schwester und ich, wir sind nach Funtanedda gegangen, in die Oliven. Filippo haben wir bei Ruggero gelassen, der war für zwei Tage nach Hause gekommen, er brauchte saubere Wäsche und Proviant.«

»Und was ist dann passiert?«

»Nichts ist passiert! Ruggero ist eingeschlafen, das ist passiert! Und Filippo ist aus dem Haus gegangen, und dann … keine Ahnung, was soll ich Euch sagen. Wer weiß, wen er getroffen hat, vielleicht hat man ihm zu trinken gegeben, vielleicht hat einer seinen Spott mit ihm getrieben. Wer soll das wissen?«

»Und Ruggero?«

»Als er aufwachte, hat Ruggero gemerkt, dass Filippo weg war, und deshalb ist er losgegangen, um ihn zu suchen. Und er hat ihn gefunden … In Istiritta … Er hat gerade noch gesehen, wie sie ihn abführten. Es war nicht das erste Mal, dass Filippo mit einem seiner Brüder allein zu Hause war, es ist nie etwas passiert … Er hat niemandem etwas getan … Ich hätte nie zugelassen, dass er ein Messer besitzt, aber …«

»Das war ganz schön gewagt …«

Franceschina Pattusi stand mühsam auf, mit dem Handrücken wischte sie die Tränen weg. »Da ist etwas, das ich Euch zeigen möchte, wenn Ihr mir folgen wollt«, sagte sie und ging auf eine geschlossene Tür zu.

Sie führte mich in ein ordentliches Zimmerchen. Fast eine Mönchszelle. An der gegenüberliegenden Wand stand ein hohes Bett mit ausgebeulter Matratze. Durch ein Fensterchen kam kraftloses Licht aus einem kleinen

Hof herein, in dem Immergrün und Mispelbäumchen wucherten. Das Licht wanderte von Wand zu Wand, bis es auf einen Schreibtisch fiel, der gegenüber dem Bett stand.

Und auf dem Schreibtisch …

»Dafür hat er das Messer gebraucht«, flüsterte Franceschina Pattusi.

Spielzeugsoldaten. Husaren und Ulanen. Mit Gamaschen, Kalpak und Schnurbesatz. Lackierte Uniformen in Blau und Rot und Grün, die Knöpfe, Tressen und Epauletten mit Bronze bemalt. Eine Miniaturarmee aus Buchsbaumholz, in vorderster Linie die Infanterie, dahinter die Kavallerie. Vorneweg gingen die Trommler, fast noch Kinder. Rotbraune und gescheckte Pferde, sardische Araberhengste mit bebenden Hälsen und wehenden Mähnen.

Das Purpurlicht von draußen liebkoste die überaus fein gearbeiteten Figuren, spielte mit ihnen, hob die Kontraste von Licht und Schatten in Rundungen und Höhlungen hervor, die Frucht einer langen, geduldigen, täglichen Arbeit.

»Sie sind wunderschön …« Mehr brachte ich nicht hervor.

Franceschina Pattusi antwortete mit einem langen Schluchzen. Die Klage einer vom Schmerz gebrochenen Mutter. »Das hat er gemacht, Avvocato«, sagte sie, nachdem sie ein paarmal durchgeatmet hatte, und fuhr mit den Fingern einem winzigen Oberstleutnant über den Helmbusch.

»Aber, gute Frau, gewagt war es doch … Es war gewagt, ihm dieses Messer ins Gefängnis zu bringen.«

Franceschina Pattusi riss die Augen auf.

»Das war ich!« Die Stimme von Clorinda Pattusi fuhr mir in die Glieder. »Ich war's«, wiederholte Clorinda, während sie zu uns ins Zimmer trat und der Schwester einen Blick zuwarf.

Diese machte ihr Zeichen, nicht weiterzusprechen, doch Clorinda breitete nur die Arme aus. Sie war so schön, dass es mir weh getan hätte, sie anzusehen, also beschloss ich, mich nicht umzudrehen, nicht sofort. »Er hat geweint, er hat mich angefleht, er hat mir versprochen, dass niemand davon erfahren würde; er hat mich beschworen … er hat gesagt, sonst würde er … sterben«, fuhr sie fort, während sie die Schwester in die Arme schloss. »Im Gefängnis haben sie ihm etwas angetan, Avvocato«, schluchzte sie plötzlich und wandte sich direkt an mich. »Filippo war wie ein Kind, er konnte nicht lügen. Hätten wir ihm denn das Einzige verweigern sollen, woran ihm etwas lag? Hätten wir das tun sollen? Ihn im Stich lassen?«

»Schluss jetzt!«, unterbrach Franceschina,

die mein Schweigen als Tadel interpretierte. »Für Sie mag die Sache vielleicht einen bitteren Nachgeschmack haben, aber wie bitter es für uns ist, das können Sie sich gar nicht vorstellen. Schuld, Avvocato, ist nämlich bitter wie Galle.«

Schuld. Welch hässliches Wort …

Als ich das Haus verließ, hatte ich Schmerzen in der Brust. Ich rang nach Luft. Eine schöne Luft! Die Außenwelt umfing mich wie eine Plazenta, gelblich und von einem Geflecht aus dunkelroten Adern durchzogen. Ich betrachtete den Hügel zu meiner Rechten, zum Greifen nah, ein Katzensprung.

Ich kämpfte mich die Steigung hinauf. Und das letzte Stück, an der großen Kaserne der Carabinieri vorbei, stürmte ich geradezu bergan. Gleich geht es dir besser, sagte ich mir und merkte nicht, dass ich dabei laut redete. Langsam dämmerte mir, dass die Schmerzen in der Brust zu einem Gutteil blanke Panik waren. Vielleicht wegen Clorinda, weil sie so unerwartet hinter mir aufgetaucht war. Oder vielleicht, weil sie ausgerechnet in dem Augenblick erschienen war, als ich mich zu fragen begann, welches der eigentliche Grund für meinen unangemeldeten Besuch in ihrem Haus war.

Nun, da alles sich zu klären begann, schwanden die Gewissheiten, und während ich in den erschöpften Wald eindrang, der wächsern und durchscheinend dalag, kamen auch die Gedanken zur Ruhe.

… Schuld. Welch hässliches Wort. Wie wenig vermag es die Nuancen zu erfassen. Wie eine Radierung, ein Gewirr von Linien, das nur grobe Umrisse abbildet. Genau wie das Raster aus Gärten und Weinbergen, die das Ungewisse der Steineichen und Oleaster im Tal unter mir durchbrachen. Schwarz auf weiß – Schuld hat etwas Eindeutiges. Möglich, dass sie wirklich bitter ist. Aber ich habe so viele Schuldige gesehen, dass mir dieser Begriff heute weniger hart erscheint. Und mir weniger Angst macht. Das Wort Schuld aus Clorindas Mund war gänzlich unvorstellbar, unaussprechlich, ja fast harmlos … *Im Gefängnis haben sie ihm etwas angetan.* Und was? Haben sie sich über ihn lustig gemacht, haben sie ihm die Tage zur Hölle gemacht, weil sie *normal* waren und er nicht? War es das? War es das, was Clorindas Schuld so unschuldig machte? Oder ging es um mich? Um jenes Beben, das mir aus den Eingeweiden ins Gesicht stieg, wann immer sie sprach, mich ansah … Clorinda, meine byzantinische Königin. Welche Schuld? Macht Liebe schuldig? Vielleicht …

»Nicht einmal bei diesem Regen hält es Euch zu Hause. Ich wusste, dass ich Euch hier oben finden würde!« Maresciallo Poli legte mir die Hand auf die Schulter und riss mich aus meiner Phantasterei.

»Das ist kein Regen!«, sagte ich und streckte den Arm zum Tal hin aus. »Wie dem auch sei, ich habe ihnen nichts gesagt.«

»Sie haben Filippos Tanten nicht gesagt, dass es kein Selbstmord war?«

»Nein, das habe ich nicht getan.«

»Hm, Sie werden Ihre Gründe haben.«

Natürlich hatte ich meine Gründe. Auch wenn es keine Gründe waren, die ich dem Maresciallo hätte darlegen können. Denn um meine Zurückhaltung zu erklären, hätte ich bewusster handeln müssen, als ich es in diesem Augenblick konnte. Will sagen, dass ich – und erst in diesem Augenblick wurde es mir klar – vielleicht ohne es zu wissen, Clorinda bestrafen wollte, sie sollte sich nicht mit dem Gedanken trösten, sie treffe keine, wenn auch unfreiwillige Schuld am Tod des Neffen. Ich war gekränkt, weil sie das Messer vor meiner Nase ins Gefängnis geschmuggelt hatte. Und außerdem quälte mich der Zweifel, ob meine Mutter nicht doch Recht hatte mit ihrer Meinung, die Schwestern Pattusi seien leichtfertig, in ihrem Haus gingen zu viele Männer aus und ein, und es sei doch merkwürdig, dass Clorinda nie geheiratet habe, obwohl sie jahrelang mit einem aus Irgoli verlobt gewesen sei. Wie dem auch sei, die Nachricht von dem Selbstmord hatte Clorinda getroffen, und ich wollte nicht, dass sie sich mit dem Gedanken tröstete, es sei kein Selbstmord gewesen.

»Jedenfalls weiß Doktor Orrù nicht mehr, als er bereits gesagt hat. Als er eintraf, war alles schon vorbei ...« Poli versuchte, unsere Unterhaltung wiederzubeleben.

»Ich weiß, ich habe mit ihm gesprochen.«

»Und was ist mit Carrus, dem Gefängniswärter?«

»Mit dem ... habe ich auch schon gesprochen. Ich habe ihn gebeten, mir ganz genau zu zeigen, wie er Filippo Tanchis gefunden hat.«

»Und?«

»Er hat es mir gezeigt.«

»Musste er sich auch auf den Boden setzen?«

Ich nickte und musste lachen.

»Sie sind der hartnäckigste Mensch, den ich kenne.«

Ich nahm das als Kompliment. Doch mir war nicht wohl in meiner Haut. Die Sache mit Clorinda und dem Messer ließ mir keine Ruhe. Vielleicht hätte ich mit Poli darüber reden sollen.

»Wie dem auch sei, Carrus knöpfe ich mir trotzdem vor, er soll mir erklären, wie Tanchis in den Besitz des Messers kam. Hm, am besten gehe ich jetzt gleich zu ihm, wollen Sie mitkommen?«, fragte Poli mich, als könnte er Gedanken lesen.

»Einen Augenblick«, sagte ich und atmete tief ein. »Nur einen Augenblick, dann können wir gehen.«

»Schön ist es hier oben«, flüsterte Poli.

»Nein, Avvocato! Wenn ich davon Wind bekommen hätte, hätte ich ihm das Messer abgenommen. Vorschrift ist schließlich Vorschrift, meine Herren.« In der Uniform der Gefängniswache sah Carmelo Carrus aus wie der Komparse einer Laienbühne.

Maresciallo Poli ergriff das Wort. »Wie viele Leute hatten in jener Nacht Dienst?«

Carrus warf ihm einen schiefen Blick zu. »Um diese Uhrzeit ...«, ließ er sich Zeit. »Mal sehen ... Aber das heißt noch gar nichts, vielleicht hat einer vom anderen Trakt ... Das kommt schon vor, dass man jemandem einen Gefallen tut: Du übernimmst seine Runde, und er revanchiert sich mit einem Gläschen. Na, man weiß doch, wie so was läuft, da sage ich Euch bestimmt nichts Neues ...«

»In der Praxis heißt das, dass es keinen

genauen Dienstplan gibt«, fasste Poli zusammen.

Carrus kratzte sich unter der Mütze. »Tja, mal sehen. Ich bin um fünf gekommen, und in dem Trakt, wo Tanchis einsaß, waren nur Ruju und Fois.«

Ich notierte die Namen auf einem Notizblock. »Besuche?«, fragte ich, während ich schrieb.

Carrus' Gesicht hellte sich auf. »Das ist leicht! Da gibt's die Listen. Da kommt keiner drum herum, am Eingang sitzt Liori, der ist der reinste Kettenhund. Wir können gleich hingehen.«

Poli warf mir einen verstohlenen Blick zu. »Wir würden uns lieber erst die Zelle anschauen.«

»Wie Ihr wollt«, sagte Carrus und ging voran.

In der Zelle schnüffelten wir überall herum wie die Spürhunde. Der Fußboden, ein staubgrauer Estrich, war mit reichlich Wasser und Säure gereinigt worden.

»Gute Arbeit, alles sauber«, kommentierte Poli.

Carrus stand in der Tür und lächelte zufrieden. »Bei all dem Blut … Verbrecher sind schließlich auch Christenmenschen!«, bemerkte er im Hinblick auf die zukünftigen Bewohner des Raumes.

»*Fast* alles sauber!«, schrie ich fast und hielt ihnen meinen Zeigefinger hin.

Poli ließ von der Suche ab, Carrus kam in die Zelle gelaufen. »Was ist das?«, fragte er und starrte auf den Finger.

»Holz«, gab ich preis, aber erst nach ein paar Sekunden. Ich wollte die Wirkung steigern! »Holzstaub.«

»Ist das denn von Bedeutung?«, fragte Poli mich, als wir durch den Korridor zum Eingang gingen, wo die Besucherverzeichnisse lagen.

»Das ist deshalb von Bedeutung, weil man der Familie, als sie die persönliche Habe des Toten abgeholt hat, keinerlei … wie soll ich sagen? … *Manufakte* ausgehändigt hat.«

»Wollen Sie sagen, jemand hat sie verschwinden lassen, weil niemand erfahren sollte, dass der Junge schon geraume Zeit im Besitz des Messers war? Gewiss, unter diesem Gesichtspunkt wäre ein Selbstmord unwahrscheinlich … Und …«

»Und würde Argwohn erregen … Tja, es passt nicht zusammen: Kein Mensch bittet um ein Messer, um sich umzubringen, und setzt sich dann hin und schnitzt damit Soldaten, drücke ich mich verständlich aus?«

Carrus drehte sich zu uns um und unterbrach die Unterhaltung. »Einen Augenblick«, sagte er und betrat einen Nebenraum. Gleich darauf kam er wieder zum Vorschein. »Bitte«, forderte er uns auf und deutete auf das Besucherverzeichnis.

Da prangte die Unterschrift von Puligheddu! Schwarz auf weiß, neben dem Häftling Nr. 643789: Tanchis, Filippo.

»Ja, ich war dort.« Professor Puligheddus Miene zeigte wenig Entgegenkommen.

Ich sah ihn lange an und wartete, dass er fortfuhr. Er tat es nicht. »Bei unserer ersten Begegnung haben Sie mir nichts davon gesagt …«, bohrte ich weiter.

»Mir war sofort klar, dass Sie auf diesen Fall anspielten, doch hielt ich es nicht für angebracht, Sie darüber aufzuklären. Mein Beruf erlegt mir gewisse Pflichten auf …«

Schweigen.

»So, wie die Dinge stehen, können wir die ärztliche Schweigepflicht getrost vernachlässigen«, warf Maresciallo Poli ein. »Wir haben allen Grund zu glauben, dass der Junge keinen Selbstmord begangen hat.«

Professor Puligheddu starrte unendlich lange auf seine Hände.

»War er so? War er, wie wir vermutet haben?« In meiner Stimme lag eine gewisse

Ungeduld, die zu allererst mich selbst ärgerte.

»Der Junge war ein wandelndes Pulverfass, das sagt Ihnen doch sicher was?«, wandte sich Puligheddu an Maresciallo Poli. »Eine tödliche Gefahr und zugleich hilflos«, erläuterte er. »In diesem Zustand, den ich als Lethargie definieren würde, hätte er Monate, sogar Jahre verbringen können, doch ein Funke hätte genügt, um ihn in eine Bestie zu verwandeln.«

»War er bei Ihnen in Behandlung?«, fragte ich.

»Nicht direkt. Es ist schon mehrere Monate her, da brachte sein Bruder ihn zu mir. Nach der Musterung hatte Filippo ein paar Wochen auf dem Land verbracht. Er wollte unbedingt Soldat werden, das war das Einzige, was ihn wirklich interessierte. Doch er wurde ausgemustert, und von da an hörte er auf zu sprechen. Einen ganzen Monat lang sprach er kein einziges Wort. Da beschloss der älteste Bruder, ihn zu mir zu bringen. Er wollte ein ärztliches Attest für die Militärbehörden. Danach habe ich ihn noch zwei Mal gesehen, und … Und mir war sofort klar, dass, ja … also … dieser Junge war … missbraucht worden. Drücke ich mich deutlich aus?«

»Haben Sie darüber mit dem Bruder gesprochen?«

»Ja, ich habe ihm gesagt, dass ich etwas Derartiges vermutete … Es gab eindeutige Hinweise.«

»Und er?«

»Er wurde fuchsteufelswild. Zum nächsten Termin erschienen sie nicht. Das war das letzte Mal, dass ich ihn gesehen habe.«

»Das vorletzte Mal«, präzisierte ich.

»Das vorletzte Mal«, bestätigte er. »Den Besuch im Gefängnis, den habe ich auf eigene Initiative gemacht, aber Sie, Avvocato, Sie haben mich darauf gebracht.«

»Und zu welchem Schluss sind Sie gekommen?«

»Dass man versucht hat, den Schafstall zu schließen, als die Herde bereits ausgerissen war, wenn Sie mir diese Metapher gestatten. Der Junge stand am Rand des Abgrunds … Sie wollen wissen, wie ich über die Sache denke? Bitte sehr: Filippo Tanchis stand der Selbstmord auf der Stirn geschrieben!«

Das Gespräch mit den Schwestern Pattusi war nicht leicht. Ich ließ nichts aus, erzählte von unserem Verdacht, von dem vorgetäuschten Selbstmord. Sie fielen aus allen Wolken. Sie wussten nicht einmal, dass Elias, der ältere Bruder, mit Filippo zum Arzt gegangen war. Clorinda bestätigte ihre Aussage: Das Messer habe sie frühestens vier oder fünf Tage vor Filippos Tod ins Gefängnis geschmuggelt. Ich war ein wenig erleichtert, nun, da ich in ihren Augen etwas wie Trost gesehen hatte. Als hätte sie plötzlich ein Licht erblickt, als wäre ihr eine Zentnerlast vom Herzen gefallen. Auf ihre Wangen trat wieder etwas Farbe.

»Euch trifft keine Schuld«, bekräftigte ich. »Es war nicht recht, dass Ihr ihm dieses Messer gebracht habt, aber Euch trifft keine Schuld.«

Clorinda presste die Lippen zusammen, sie nickte kaum wahrnehmbar und schloss die Augen …

»Die Vergangenheit ist wie eine Himmelskarte«, sprach Urgroßvater Gungui in dieser Nacht.

Er besuchte mich inzwischen regelmäßig. »Setzt Euch«, forderte ich ihn auf.

»Nein, dazu ist keine Zeit«, erwiderte er. Und dabei lächelte er, ohne den Mund zu öffnen, er schämte sich nämlich wegen der fehlenden Eckzähne. »Diese Geschichte ist wie ein Labyrinth, Bustià, es gibt keinen Ausweg. So eine Geschichte wollen die Leute nicht hören. Als ich jung war, war das Leben eines Mannes weniger wert als das eines Schafes. Aber offenbar haben sich die Zeiten gewandelt, nun glauben alle, sie wären etwas wert … Und zwar mehr als Himmel und Erde … Das, und nur das wollte ich sagen … Ich störe dich nicht länger, denn wer von den Toten träumt, schläft schlecht.«

Ich öffnete die Augen. Ich setzte mich im Bett auf. Wie immer. Rasch stand ich auf, ging zum Fenster.

Es hatte wieder angefangen zu regnen, in Strömen.

Schon an der Waage im Eingang zum städtischen Schlachthaus stieg mir der Blutgestank in die Nase. »Elias Tanchis?«, fragte ich einen alten Mann, der einen Steintisch säuberte. Der Saal wirkte wie eine leere Kirche, wie die Heimstatt von Märtyrern, denen die Haut abgezogen wurde. Der Alte deutete auf einen kräftigen jungen Mann, der einen Eimer in der Hand hielt, aus dem Äste zu sprießen schienen, dünne Holzscheite zum Feuermachen. Der Mann war sicher nicht älter als sieben- oder achtundzwanzig. Von der Brust bis zu den Füßen steckte er in einer gewachsten, mit Blut und Gewebe besudelten Schürze, Hände und Stirn waren mit roten Spritzern bedeckt. »Elias Tanchis?«, fragte ich, als ich vor ihm stand. Der Mann nickte. Aus einer angrenzenden Halle hörte man Muhen und Blöken, untermalt von monotonen Tropfgeräuschen und menschlichen Stimmen, die die Kälber zum Tod ermutigten. Quietschend zogen Rollen leuchtende Leiber mit glänzenden Muskeln und blinkenden Knochen hinter sich her. »Ich bin der Anwalt Ihres Bruders«, brüllte ich.

»Mein Bruder braucht jetzt keinen Anwalt mehr«, sagte er, ohne seinerseits die Stimme zu erheben.

»Da wären noch einige Dinge zu klären«, sagte ich in einem Ton, der keinen Widerspruch zulassen sollte.

»Ich weiß, was Ihr denkt. Ich habe mit meinen Tanten gesprochen. Und ich habe nichts zu sagen«, unterbrach er mich. Er schwenkte den Eimer mit den noch nicht gehäuteten Kalbsfüßen. »Außerdem habe ich zu arbeiten«, schloss er, drehte mir den Rücken zu und ging rechts durch ein Türchen, das in einen dunklen Gang führte.

Ich folgte ihm durch diesen Korridor, wo man aufpassen musste, dass man nicht ausglitt. »Und was ist mit dem Verdacht von Professor Puligheddu?«, fragte ich ihn unvermittelt.

Der Mann drehte sich um, stellte den Eimer auf den Boden. Seine Gesichtshaut spannte sich, als müsste er mit aller Kraft um Fassung ringen. »So was darf man nicht mal denken!«, zischte er. Im Halbschatten glänzten seine Augäpfel wie Marmor. »Filippo ist tot, lassen wir ihn in Frieden ruhen.«

»Wessen Friede?«, bedrängte ich ihn. »Wessen Friede? Eurer oder seiner?«

»Was wisst Ihr denn schon von unserem Frieden?«, entgegnete er. »Ihr setzt den armen Teufeln einen Haufen Flausen in den Kopf, um ihnen das Geld aus der Tasche zu ziehen: das ist Euer Geschäft! Ärzte und Anwälte! Aber wir, wir müssen schuften wie die Tiere, um uns durchzuschlagen!«

Ich war stinkwütend. »Dann macht doch,

was Ihr wollt, mit diesem Tod ist ja alles geregelt! Und wenn Ihr Euch damit zufrieden gebt…«, schloss ich und wandte mich zum Gehen. Der faulige Gestank schlug mir langsam auf den Magen.

Da packte mich eine kräftige Hand beim Mantelkragen. Ich hatte das Gefühl, in einen Strudel geraten zu sein. Ich versuchte mich zu befreien, aber vergeblich, ich schlitterte wie auf Eis. Elias Tanchis quetschte mich gegen eine schmierige Wand, ich spürte die Kälte des Steins auf der Wange. »Kümmert Euch um Eure eigenen Angelegenheiten!«, raunte er mir ins Ohr. »Um unsere kümmern wir uns selber.«

Den Regen, der mir draußen vor dem Schlachthaus auf die Hutkrempe prasselte, hatte mir die Vorsehung geschickt. Ich breitete die Arme aus, um dem Guss mehr Angriffsfläche zu bieten. Ich hob das Kinn und öffnete den Mund, wie damals als Kind, als ich herausfinden wollte, wonach die Wolken schmecken. Ich spürte ein Bedürfnis nach Reinigung. Als könnte ich mein galoppierendes Herz allein damit beruhigen. Panische Angst hatte mich ergriffen: Angst vor Elias Tanchis' Augen, Angst vor seinen plumpen Händen, vor seiner Stimme und dem Blutgeruch.

Und ich betete zum Himmel, er möge den Aufruhr beruhigen, möge mir meine Selbstbeherrschung zurückgeben.

Ich hatte den Weg nach Sa Preda Ballarina eingeschlagen, hinaus aufs offene Land, das sich wehrlos weiterem Regen unterwarf. Noch mehr. Und noch mehr. Das satte Gras raschelte unwillig, spitz und scharf wie Messerklingen widersetzten sich die Halme meinen Schuhen. Wie gerne hätte ich Wurzeln geschlagen, mich in den Boden gekrallt und endlich innegehalten wie ein alter Baum, dem einzig die Aussicht bleibt, mit seinen Blättern den Himmel zu küssen.

Panische Angst hatte mich ergriffen. Und diese Angst war anders als alles, was ich jemals empfunden hatte. Es war eine hilflose Angst, hilflos wie der Blick, der verzweifelt nach einem Fluchtpunkt sucht. Die Einsicht, dass meine Vorstellung von der Welt in keiner Weise der Wirklichkeit entsprach. Das war keine Auseinandersetzung von gleich zu gleich. Ich hatte ein Universum betreten, in dem es keine Abmachungen, Regeln, Worte gab.

Eine andere Welt, bisher hatte ich ihre Existenz nur angenommen, doch jetzt hatte ich sie gesehen und am eigenen Leib erfahren.

Ich fühlte mich plötzlich schwach, machtlos.

Wenn jemand mich beobachtet hätte, hätte er einen Verrückten gesehen, einen Erwachsenen, einen korpulenten Mann, der mit den Füßen auf den Boden stampfte und zum Himmel hinaufbrüllte.

Doch das genügte. Keuchend und vom Regen durchnässt, beugte ich mich vor und umklammerte mit den Händen die Knie. In dieser Haltung starrte ich auf den winzig kleinen Flecken Erde vor meinen Füßen. Mit aufgerissenem Mund atmete ich Luft und Regen ein, so tief es ging. Langsam erholte ich mich. Wie ein Schiffbrüchiger, der noch einmal davongekommen ist. Wie ein Mufflon, der dem Feuer entronnen ist. Wie ein Läufer auf der Ziellinie. Wie ein Dichter auf dem Olymp.

Ein leichtes Beben kam aus den Eingeweiden der Erde, meiner Erde, und übertrug sich über die Pflanzen auf meine Füße. Wie ein Stromstoß lief es durch Beine und Lenden und Magen bis hinauf in die Schultern. Ein krankhaftes Lachen, wie das Zucken eines Epileptikers.

Meine Mutter starrte mich an, als sähe sie einen Toten vor sich. »Um Gottes willen! Was ist denn mit dir passiert?«

»Ich bin nass geworden«, antwortete ich

nur und versuchte, ein gelassenes Gesicht zu machen.

Raimonda hob den Blick zum Himmel. »Wenn dieser Regen nicht bald aufhört ...« Sie ließ den Satz unvollendet. »Wie dem auch sei, Zenobi wartet auf dich.«

»Ich muss mir erst die Schuhe ausziehen, sonst hole ich mir eine Lungenentzündung.«

»Ich sage ihm, dass du da bist.«

»Wartet einen Moment«, hielt ich sie zurück. »Sagt mal, habt Ihr jemals etwas getan, von dem Ihr dachtet, Ihr müsstet es um jeden Preis tun, obwohl Ihr davor Angst hattet?«

Hin- und hergerissen, ob sie mir antworten oder gehen sollte, dachte meine Mutter ein Weile nach. Sie entschied sich fürs Gehen, machte ein paar Schritte auf mein Arbeitszimmer zu und drehte sich dann doch um. »Am Tag, als ich dich auf die Welt brachte«, sagte sie.

Zenobi wartete stehend. Als er mich sah, lächelte er, und dies war offen gesagt das erste Schöne an diesem schrecklichen Tag.

»Gibt es Neuigkeiten?«, fragte ich und deutete auf einen Stuhl.

Zenobi nickte. »Ihr wolltet doch etwas über diesen Solinas wissen, da habe ich mich mal umgehört. Was das Trinken angeht, Fehlanzeige, der trank nicht. Er war krank, er hat

Malaria gehabt. In den Schänken ließ er sich nur von Zeit zu Zeit blicken, auf eine Partie Karten, wenn er jemanden fand, der mit ihm spielen wollte. Er war nämlich nicht gerade beliebt, versteht Ihr? Einer, der seine Nase in alles steckte, der über alles und jeden Bescheid wusste. Es heißt, er habe Informationen verkauft und … gegen Wucherzinsen Geld verliehen. Eine kleine Ratte, Avvocato! Die Leute sagen, er habe seine Finger im Spiel gehabt, als Salvatorangelo Dettori am vergangenen 5. April verhaftet wurde, und wie die Sache ausging, ist ja bekannt; auch mit der Geschichte in Morgogljai soll er zu tun gehabt haben …«

»Wer den aus dem Weg geräumt hat, hat der Allgemeinheit also einen Dienst erwiesen …«

Zenobi lachte. »Hm, könnte man so sagen … Jedenfalls weiß ich aus zuverlässiger Quelle, dass dieser Solinas etwa zehn Tage, bevor er umgebracht wurde, einen Streit hatte, Ihr kommt nie darauf, mit wem.« Er sprach nicht weiter. Er wartete. Verrückt, aber offenbar dachte er tatsächlich, dass ich Lust auf ein Ratespielchen hätte. Schweigend wartete ich ein paar Sekunden, dass er weiterredete. Nichts.

»Ich weiß es nicht.« Das war das Einzige, was mir in den Sinn kam.

Zenobi machte ein verschmitztes Gesicht. Er schüttelte den Kopf. »Das erratet Ihr nie!«, prophezeite er.

In der Tat hatte ich keinerlei Absicht, etwas zu erraten. »Sagst du es mir jetzt freiwillig, oder muss ich erst meinen Degen holen?«, fragte ich und versuchte dabei zu lächeln, was mir offenbar gründlich misslang, denn Zenobi wurde wieder ernst. »Ruggero Tanchis«, verriet er.

»Ruggero Tanchis?«, echote ich wie die Puppe eines Bauchredners.

Zenobi beeilte sich fortzufahren. »Es heißt, dieser Solinas habe damit angegeben, er wisse bestimmte Dinge über Tanchis' Verlobte. Und der habe ein finsteres Gesicht gemacht und ihm vor allen Leuten gedroht, er werde ihm die Zunge herausreißen und sie ihm … bei allem Respekt … in den Arsch stecken.«

Ja, musste Maresciallo Poli zugeben, von Zeit zu Zeit sei dieser Solinas bei den Carabinieri aufgetaucht und habe sich dort auf den Fluren herumgedrückt. Zweifellos ein zwielichtiges Subjekt, bestätigte er. Ein geborener Denunziant. So gewitzt, dass er nach seinen Informationen nicht mal habe suchen müssen, zugeflogen seien sie ihm, in Form von Satzfetzen, die er hier und dort aufgeschnappt habe.

Ein Hohepriester war dieser Solinas, ein Hüter des Gesagten, vor allem aber des Verschwiegenen. Und ein unermüdlicher Beobachter: ein kurzes Kopfnicken, ein vielsagender Blick, ein plötzliches Erröten, eine spöttische Bemerkung – alles landete in seinem argwöhnischen Kopf.

Auch in diesem Metier bedarf es einer gewissen Kunstfertigkeit, besonders in einer Gesellschaft, die sich vom Schweigen nährt, von unausgesprochenen Dingen, von indirekten Drohungen.

Auf seine Weise war Solinas ein wahrer Künstler. Ihm genügte ein winziger Spalt, schon zwängte er sich hinein wie eine Feldmaus und nagte und nagte ...

Eines stand zweifelsfrei fest: Bis zum Abend des 4. September 1899 waren Filippo Tanchis und Bobore Solinas sich nie begegnet.

»Dafür hatte Ruggero Tanchis mit Bobore Solinas Streit gehabt. Und Solinas wird ermordet, ausgerechnet als Ruggero im Dorf ist. Und Filippo *reißt von zu Hause aus*, ausgerechnet als er auf ihn aufpassen soll ...«

Maresciallo Poli hob abwehrend die Hand. »Jetzt habe ich den Faden verloren!«, sagte er. »Als wer auf ihn aufpassen soll?«

»Ruggero!«, rief ich. »Klar? Alle wussten Bescheid. Sie haben beschlossen, den irren Bruder zu opfern. Just an dem Tag, als die

Schwestern in den Oliven waren, kam Ruggero zurück, um Solinas kaltzumachen. Zwei plus zwei macht vier.«

»Wollen Sie behaupten, die hätten alles geplant?«

»Nun ja, ein paar Tage vor der Tat geht der ältere Bruder mit Filippo zum Arzt, damit man, falls sich Zweifel regen sollten, nachweisen kann, dass dieser ernste seelische Probleme hat. Ruggero nimmt ihn mit nach Istiritta, es geschieht das Bekannte, Filippo landet im Gefängnis. Und alle sind zufrieden ...«

»Es dürfte schwer zu beweisen sein, dass es sich so abgespielt hat. Besonders jetzt, da Filippo Tanchis für immer zum Schweigen gebracht wurde.«

»Tja, das ist das Einzige, was mir nicht einleuchtet. Ich glaube nicht, dass Elias und Ruggero den jüngeren Bruder ermordet haben. Dafür gab es keinen Grund.«

»Vielleicht war er es leid, im Gefängnis zu sitzen, und hat damit gedroht zu reden.«

Ich schüttelte den Kopf. »Nein, das leuchtet mir nicht ein, jeder Staatsanwalt hätte mir die Aussage doch durch ein Gutachten entkräftet. Eine Zeugenaussage von Filippo Tanchis wäre nichts wert gewesen. Auch ich hätte ihn niemals aussagen lassen. Sein Tod ergibt keinen Sinn ...«

»Tun Sie das ja nicht, schlagen Sie sich das

gleich wieder aus dem Kopf«, sagte Maresciallo Poli plötzlich. »Tun Sie's nicht. Wenn Sie zu Ruggero Tanchis gehen, um mit ihm zu reden, können Sie nicht mit meiner Hilfe rechnen. Habe ich mich klar ausgedrückt?«

Ich zuckte die Schultern. »Ich bin immer noch der Anwalt seines Bruders …«

Was den Rest betraf, tappte ich völlig im Dunkeln. Solinas hatte bestimmt eine Menge Feinde, vielleicht hatte er eine Sache zu viel ausgekundschaftet oder er hatte jemandem Geld geliehen, der keinen anderen Ausweg wusste, als es durch eine heiße Umarmung zurückzuzahlen … Wenn es danach gegangen wäre, hätten nicht nur Filippo und Ruggero ein Mordmotiv gehabt, sondern halb Nùoro.

Außerdem gehörte dieser Solinas in Wahrheit nicht zu den Informanten, die der Justiz am Herzen liegen. Wenig vertrauenswürdig war er, man konnte sich nicht auf ihn verlassen. Mehrmals hatte er vor Gericht seine Aussage widerrufen, weil er sie zwischen Ermittlung und Prozess anderweitig verscherbelt hatte. Leute mit besseren Angeboten hatten an seine Tür geklopft …

So wurde das Schwurgericht zu einem Marktplatz, wo jede Aussage ihren Preis hatte. Und Solinas und Konsorten waren eine Art Zwischenhändler, die im gegebenen Augenblick mit dem Daumen nach unten zeigten und damit den Kurs des gesamten Verfahrens ins Bodenlose fallen ließen. Es konnte einem den Schlaf rauben …

Ich verbrachte diesen Tag wie ein Raubtier im Käfig. Ich hätte Gott weiß was dafür gegeben, hinaus zu können, mein Tal wiederzusehen, den süßen Frieden in mich hineinzusaugen wie eine Biene den Nektar. Aber nein. Verdammter Regen.

In dieser Nacht, während ich mich für das Zubettgehen fertig machte, musste ich über mich selbst lachen. In meiner nächtlichen Posse, das wusste ich, würde Elias Tanchis mit seinem Geraune die Hauptrolle spielen und mir auch noch das bisschen Schlaf rauben, das der Regen übrig gelassen hatte. Und wie ich so dalag, mit aufgerissenen Augen, ohne meine hilfreichen Schatten, traf ich eine Entscheidung. Ich beschloss, mich nicht einschüchtern zu lassen …

Ich lag da und lauschte der Sonate für Klavier und Bläser auf dem Dach, die vom Moderato ins Presto überging. Der rote Sandsturm hatte die Luft getrübt, eine stinkende Kuppel errichtet, die Luft zum Atmen abgesaugt. Und die Leute im Ort waren benommen wie Fliegen, die in einem umgestülpten Glas gegen die Wände taumeln.

Das Klagen der Krähen durchbrach das prasselnde Tutti, die Hunde heulten wie Wölfe. Bald würde der schwere, düstere Mond gegen die Gipfel der Berge stoßen.

Und doch, diese Unbeirrbarkeit hatte Methode, folgte einem derart präzisen Rhythmus, dass mir nichts mehr unmöglich erschien. Nun schien das Klatschen des Regens nachzulassen, nun sah der Mond aus wie eine in Granit gefasste Gemme. Nun klang das Heulen der Hunde wie eine Aufforderung aufzustehen. Ich musste mich nur entschließen, ich durfte nur nicht wieder in Panik verfallen.

Ich wusste, was zu tun war: ich musste nach Predas Arbas. Und die Tatsache, dass ich mich dazu entschlossen hatte, machte die Gefahr, Ruggero Tanchis könne dies übel nehmen, zu einer Möglichkeit unter vielen.

Ich musste es tun, trotz Polis Warnung, es sei leichtsinnig, man wisse nie, wie die Leute hierzulande reagierten.

Die *Leute hierzulande* – was darüber nicht schon alles gesagt worden ist und noch immer gesagt wird: sie schießen, bevor sie dich zu Wort kommen lassen, sind störrische Esel und von der Gemeinschaft der Denkenden vergessene Bastarde, haben Steine anstelle des Gehirns. Doch noch nie in meinem Leben habe ich eine Waffe in die Hand nehmen müssen, und die meisten Menschen, die ich kenne, können mit Metaphern besser umgehen als mit Karabiner und Klappmesser. Oder zumindest genauso gut. Kein Wunder also, dass hierzulande das Wort noch etwas zählt. Das Wort, das man gibt. Das Wort, das man bricht. Wort und Tat sind hierzulande eins. Das Geschriebene ist nur ein formaler Akt und weniger wert als eine Abmachung, die durch zwei schwielige Hände besiegelt wird. Das Geschriebene ist eine Brücke, aber sie wird von gelehrten Zöllnern bewacht, die nur aufschreiben können, was vorher bereits gesagt wurde. Hierzulande haben die *verba* gestutzte Flügel, und die *scripta* sind mit Geheimtinte abgefasst. Wenn dieser Winkel der Erde überhaupt jemals Zugeständnisse gemacht hat, wenn er sich jemals einer fremden Logik gebeugt hat, wenn er sich jemals kooperativ gezeigt hat, dann damals, als er sich dem vollkommen fremden Ansinnen beugte, etwas schwarz auf weiß festzuhalten, das bereits in den Köpfen und Herzen festgehalten war. Denn hierzulande kam es einer Beleidigung gleich, wenn jemand eine Abmachung, einen Ehevertrag oder eine Schenkung schriftlich niederlegen wollte.

Diese Brücke zu überqueren, war ein Zugeständnis und wahrscheinlich mit der naiven

Annahme verbunden, jene Zweigleisigkeit von Wort und Schrift lasse sich schmerzlos bewerkstelligen. Denn die Schrift stützt sich auf das Papier, das Wort hingegen auf den Blick. Die Schrift braucht Priester und Archive und Apparate; das Wort verlässt sich allein auf das Gedächtnis. Und vielleicht besteht die wahre Gefahr darin, das Gedächtnis zu verlieren – ein schmerzlicher Verlust.

Für einen Satz ist der Weg vom Kopf in die Hand viel weiter als der Weg vom Kopf zum Mund. Das weiß ich aus Erfahrung. Ich kann mich gar nicht an all das erinnern, was ich nicht geschrieben habe, was ich nur erzählen konnte, im Vertrauen auf das Gedächtnis meiner Zuhörer. Doch habe ich eine genaue Vorstellung von dem, was ich tatsächlich geschrieben und wofür ich nie etwas anderes erwartet habe als ein wenig Beachtung, ein wenig Aufmerksamkeit, die durch die Beständigkeit der gedruckten Buchstaben ermuntert wird.

Also habe ich beschlossen, dass ich einer von ihnen bin. All das, was mir nicht im Gedächtnis bleibt, lohnt nicht, aufgeschrieben zu werden. Ich bedauere das nicht: Gott allein weiß, wie viele vollkommene Verse sich in irgendwelchen Winkeln meines Kopfes eingenistet haben und nicht wieder hervorgekommen sind. Ich bedauere es nicht: Offenbar waren sie nicht vollkommen.

Vielleicht ist es ja gerade meine Aufgabe, und die meinesgleichen, herauszufinden, wie man jene Brücke am besten überquert. Es kommt darauf an, furchtlos und vertrauensvoll in die Zukunft zu blicken und die Vergangenheit, ob nun die jüngere oder die weiter zurückliegende, als einen Apparat zu betrachten, bei dem es sich lohnt zu unterscheiden, was uns stärkt und was uns schwächt. Und man darf nicht vergessen, dass auch die Schrift Dienerin des Wortes ist, dass das Wort, das gesprochene Wort, vielleicht ebenso Ungeheuer zu besänftigen vermag wie der Gesang des Orpheus.

»Dazu brauchen wir etwas Offizielles«, dekretierte Poli. »Wir lassen uns einen Befehl ausstellen, und dann gehen wir zusammen nach Predas … Arbas.«

Ich musste lachen. Poli warf mir einen missmutigen Blick zu.

»Ich musste gerade an Christoph Kolumbus denken …«, sagte ich entschuldigend. »An einen Satz von ihm, über den ich immer lachen muss, obwohl er im Grunde traurig ist. Er schrieb ihn an den spanischen König, aus Indien oder Amerika, je nachdem.« Poli sah mich an wie einen Geisteskranken. »Es geht um die Sprache«, fuhr ich unbeirrt fort. »Die Macht der Sprache. Dieser Satz sagt einiges über das Verhalten der Eroberer. Wollen Sie ihn hören?«, fragte ich, als hätte ich erst in diesem Augenblick bemerkt, dass ich kein Selbstgespräch führte.

Poli wusste nicht, was er antworten sollte, aber ich ließ ihm auch gar keine Zeit dazu.

»Kolumbus war den Eingeborenen begegnet«, begann ich. »Und nun grübelte er, ob er einige davon mit einer Karavelle, die gerade auslief, nach Spanien verfrachten sollte, um sie dem König vorzuführen. Es regten sich bei ihm nämlich Zweifel: Da die fraglichen Eingeborenen kein Wort Spanisch sprachen, überlegte er, ob das nicht als Beleidigung des Souveräns aufgefasst werden könnte, als Beleidigung der Kultur, der *einzigen* Kultur, die dieser verkörperte. Die Zeit drängte, und Kolumbus war klar, dass er diesen Wilden nichts mehr würde beibringen können. Also setzte er sich an den Schreibtisch und schrieb einen Brief, der in etwa folgendermaßen lautete: *Unserem Herrn zu Gefallen werde ich mit dem abgehenden Schiff Eurer Majestät sechs dieser Wilden mitschicken, damit sie sprechen lernen.*« Ich lachte von Herzen.

Maresciallo Poli zog die Augenbrauen hoch. Dann versuchte er ein Lächeln.

»Verstehen Sie?«, drängte ich. »Er hat nicht gesagt: *damit sie Spanisch lernen*; er hat gesagt: *damit sie sprechen lernen.*«

»Und was genau wollen Sie damit sagen?«, bremste der Maresciallo meine Euphorie.

»Ach nichts, gar nichts …«, gab ich klein bei.

Dass wir alle hier auf Erden Menschen sind. Das wollte ich eigentlich sagen.

Dass hierzulande derjenige Recht hat, der die richtigen Worte findet, nicht der, der am lautesten schreit. Und schon gar nicht derjenige, der die Worte in Blei gießt und an Straßen und Plätzen aufhängt.

Jeder einzelne Mechanismus unserer Gesellschaft beruht auf dem Wort. Wir haben eine Kultur aus gemeißeltem Stein und universellem Recht geschaffen, *mit* unseren Worten, nicht *aus* Worten. Die Schrift kam erst danach, in den Laderäumen phönizischer und römischer Schiffe. Eine unerhörte Neuheit, unerhört und empörend.

Poli konnte diese Dinge nicht wissen, wo er herkommt, ist jemand, der nicht schreiben kann, ein Analphabet und sonst nichts. Wo er herkommt, ist die Schrift ein Muss. Denn sie ist Garantin der Zivilisation.

»Dazu brauchen wir etwas Offizielles«, sagte Maresciallo Poli also zu mir. »Tun Sie ja nicht, was Sie da vorhaben. Tun Sie's nicht, denn wenn Sie nach … Predas … Arbas gehen«, wieder stolperte er über die Aussprache des Ortsnamens, »um mit Ruggero Tanchis zu sprechen, ohne Deckung durch das Gesetz, dann werde ich Ihnen nicht helfen können. Habe ich mich klar ausgedrückt?«

Ich zuckte die Achseln. »Ich bin immer noch der Anwalt seines Bruders. Und außerdem will ich nur mit ihm reden, dafür brauche ich keine Papiere, das weiß er genauso gut wie ich. Mir wird schon nichts passieren.«

Gebeugt wie einer, der ein Bündel Holz zu tragen hat, verließ ich die Stadt. Die Landschaft begrüßte mich so gut sie konnte, vollauf damit beschäftigt, immer neues Blut zu schlucken. Der Himmel stürzte auf mich ein, an jenem Nachmittag vorzeitiger Nacht, als ich mich entschloss. Ich wollte nicht, ich konnte nicht aufgeben. Trotz der Warnungen und Befürchtungen von Maresciallo Poli. Dann hätten ja all jene Recht gehabt, die glauben, dass alles ohnehin kommt, wie es kommen muss. Dieser Meinung war ich nie. Immer schon habe ich an die Macht der Vernunft geglaubt, denn die Vernunft war die einzige Waffe, bei der ich Geschick bewies. Vielleicht habe ich mich gerade deshalb der Muse verschrieben.

Jedenfalls war ich entschlossen weiterzumachen. Um jeden Preis.

Ich konnte nicht ertragen, dass wichtige Fragen ungeklärt blieben. Das war mir unerträglich. Ich wollte wissen, wie sich die Wege eines Denunzianten, Ränkeschmieds und Wucherers mit denen eines ganz gewöhnlichen jungen Mannes gekreuzt hatten, der praktisch nie das Haus verlassen hatte. Ich wollte das Motiv finden, das Motiv für einen Mord ohne Motiv. Und um ganz offen zu sein, dabei interessierte mich überhaupt nicht, ob Filippo oder Ruggero Tanchis unschuldig waren oder nicht.

In diesem Augenblick interessierte mich einzig und allein, wie ich am schnellsten nach Predas Arbas kam. Aber das war alles andere als einfach. Denn die Erde unter den Füßen war nicht fest, sondern floss davon, und die Wiesen hatten sich in einen Sumpf aufgelöst.

Der Zugang zum Hof der Sanna Contu bestand aus einem Tor, das von zwei Pfeilern getragen wurde, die wie Schildwachen dastanden. Ansonsten gab es keine Einfriedung. Nur dieses einsame Tor, wo der Hügel zum Tal hin abfiel. Der erste Teil des Anwesens wirkte wie ein ausgetrocknetes Flussbett, flankiert von mächtigen, mit Mohrenhirse und Disteln übersäten Hängen. Bis zum Häuschen des Verwalters und dem eigentlichen Hof war es ein gutes Stück Weges. Bald wurde die Straße steiler, führte auf eine Höhe, wo man einen Haufen rund geschliffener Felsen passierte, und fiel dann wieder ab, in ein Paradies aus Obstbäumen, Gemüsegärten und Olivenhainen. Dort stand das Häuschen, von einem Dickicht aus üppigen Steineichen fast verborgen.

Vom Himmel, der am hellichten Tag vorgaukelte, es wäre tiefe Nacht, fielen plötzlich blendende Lichtstreifen herab. Ein Hund schlug an und stürzte auf mich zu. Doch die Kette riss ihn zurück, und er blieb wenige Schritte vor mir auf den Hinterbeinen stehen. Ich wich zurück, um mehr Raum zwischen mich und diesen Teufel zu legen, dem der Geifer aus dem Maul lief.

»Muratzà! Brav!« Der Hund ließ von mir ab. Mit gefletschten Zähnen zog er sich zurück, endlich fiel die Kette mit einem dumpfen Geräusch zu Boden. Das Tier schleppte sie hinter sich her bis zu den Füßen seines Herrn. »Brav, brav«, wiederholte dieser und tätschelte ihm liebevoll den Kopf. Der Hund winselte. »Brav, ist ja gut«, beruhigte Ruggero Tanchis ihn.

Ich war unter eine niedrige Eiche geflüchtet. »Ich muss mit Euch reden«, brüllte ich, um das Prasseln des Regens zu übertönen. »Ich bin …«

»Ich weiß, wer Ihr seid!«, unterbrach mich der junge Mann. »Kommt herein, oder wollt Ihr weiter da im Regen stehen?«

»Ich muss mit Euch reden«, wiederholte ich.

»Hm, reden wir drinnen. Keine Sorge, ich

halte Muratzanu fest«, ermunterte er mich, als er sah, dass ich zögerte. »Da bleibt Ihr besser nicht stehen, sonst werdet Ihr noch vom Blitz erschlagen!«

Während ich auf Ruggero und den Hund zuging, war ich ständig auf dem Sprung, um im Fall von Gefahr Reißaus zu nehmen. Muratzanu, der von seinem Herrn besänftigt worden war, öffnete das Maul zu einem langen Gähnen, doch das allein ließ mich zusammenfahren.

Der junge Mann musste lachen. »Nur Mut, der tut Euch nichts.«

Das Häuschen war ein schlichter Bau, ein Viereck aus verputzten Trockenmauern. In einem Kamin brannten große Eichenscheite und verbreiteten ein wenig Wärme. Es war überraschend aufgeräumt und sauber.

Ruggero Tanchis, der vorangegangen war, bot mir einen Platz an. Schweigend kramte er in einem roh gezimmerten Möbel und zog eine Flasche hervor. »Abbardente!«, rief er und hielt den Selbstgebrannten hoch. »Ein Gläschen wird Ihnen gut tun, nach all dem Regen, den Sie abgekriegt haben.« Sein offenes Gesicht wirkte Vertrauen erweckend.

Ein Gläschen könne nicht schaden, gab ich zu verstehen.

»Den habe ich selbst gemacht. Er ist gut,

Muskateller«, sagte er, während er das Gläschen bis zum Rand füllte.

Er hatte Recht. Der Schnaps war gut. Er tat mir gut. »Ich muss Euch etwas fragen«, sagte ich mit leicht belegter Zunge.

Unterdessen war Ruggero in eine Ecke des Zimmers gegangen und hantierte an einem Holzkasten herum, der eine Metallkurbel hatte und in einer Art Füllhorn mündete. »Hören Sie gern Musik?«, fragte er mich.

Ja, antwortete ich, ich höre gern Musik …

»… Mozart!«, verkündete er und zeigte mir eine gezähnte Walze. »Amerika …«, sagte er, und während er an der Kurbel drehte, deutete er auf eine Messingplatte an der Vorderseite des Nussbaumkastens, wo der Schriftzug Edison eingraviert war. »Was für ein außergewöhnliches Land!« Aus dem Füllhorn strömten nun knisternde und knirschende Töne, die jedoch laut genug waren, um das Heulen des Windes und die Peitschenhiebe des Regens zu übertönen. Ein Wunder, ein wahres Wunder. Es war, als würde mein ganzer Körper urplötzlich an einen Ort versetzt, wo es warm war und heimelig. Aber vielleicht hatte das auch mit dem Klaren zu tun. Vielleicht hatte es mit der hypnotisierenden Wirkung von Ruggeros groben, schwieligen Händen zu tun, die im Einklang mit der Melodie vor seinem Gesicht auf und nieder schwebten.

»Habt Ihr jemals etwas so Schönes gehört?«, fragte er mich plötzlich, ohne die Augen zu öffnen und ohne das harmonische Fließen seiner Hände zu unterbrechen.

Nein, gestand ich wahrheitsgemäß. Und wo wir schon dabei sind – es war überhaupt das erste Mal, dass ich etwas von Mozart hörte. Gewiss, ich war schon mal in der Oper gewesen und hatte das eine oder andere Konzert gehört, in Sassari oder in Cagliari, auch in Bologna während meiner Militärzeit.

Aber dieser Mozart!

Dieser Mozart, der mir die Brust liebkoste. Dieser Mozart, der durch die Ritzen strömte und im Tal spazierenging, sich in jeden Fuchsbau hineinwand, sich mit dem Regen mischte und in die Erde eindrang, in jene Erde, die ich, so schien es mir plötzlich, noch nie so sehr geliebt hatte. Sogar in diesem Zustand, versunken in der Sintflut, gebeugt, unterjocht von Menschen und Elementen, war diese Erde die schönste, die lieblichste, die unübertrefflichste … »Vielleicht sollten wir lieber … über den Grund reden, der mich hergeführt hat«, sagte ich plötzlich und mühte mich aufzustehen. Beinahe hätte ich mich gehenlassen, und wenn ich eins nicht ertragen kann, dann Menschen, die sich gehenlassen.

Ruggero Tanchis legte den Zeigefinger an

die Nase, dann faltete er die Hände vor dem Mund, wie zum Gebet. »Das Adagio, das Adagio«, sagte er flehentlich und forderte mich auf, mich wieder hinzusetzen.

Ich setzte mich wieder hin. Das Adagio erklang, fuhr mir in die Eingeweide, stieg auf direktem Weg in meine Kehle, krallte sich dort fest und erfüllte mich mit einem Schmerz, der so süß war wie der Schmerz, den ein perfektes Gedicht hervorruft. Oder Clorindas Augen.

Ruggeros Gesicht war zu einem ekstatischen Lächeln erstarrt.

»Sicher habt Ihr schon gehört, dass wir allen Grund zu der Annahme haben, dass Euer Bruder keinen Selbstmord begangen hat«, sagte ich in einem Atemzug, als wäre ich aus einem Zauber erwacht, ohne mich darum zu kümmern, ob dies der geeignete Moment war.

Ruggeros Pranke schloss sich um die Kurbel, die Musik brach ab. »Allerdings, das habe ich schon gehört«, bestätigte er nach ein paar Sekunden. Der Zauber war verflogen, jetzt herrschte eine tosende Stille. Das Gesicht des Mannes war mit einem Schlag grau geworden. In seinen dunklen Augen blitzten Feindseligkeit und Schmerz auf. »Und, was habt Ihr Euch ausgemalt? Dass wir ihn umgebracht haben?«, sagte er mit der Unverblümtheit eines Mannes, der nicht gewohnt ist, um den heißen Brei herumzureden.

Schweigen.

»Mit diesen Händen hier?«, fuhr er fort, da er mein Schweigen offensichtlich als Zustimmung auffasste. Plötzlich schossen ihm Tränen in die Augen, so schnell, dass er sich nicht rechtzeitig abwenden konnte, um sie zu verbergen. »Wenn Ihr ihn gekannt hättet, wenn Ihr uns zusammen gesehen hättet, dann wärt Ihr nie auf diese Idee gekommen«, flüsterte er aus der Zimmerecke, in die er sich geflüchtet hatte.

Ich saß in der Klemme. »Aber Ihr habt Bobore Solinas doch gedroht!«, war das Einzige, was mir einfiel.

»Bobore Solinas war die widerlichste Ratte, die je das Licht der Welt erblickt hat. Nur zu gern hätte ich ihm sein Schandmaul gestopft, aber Filippo ist mir zuvorgekommen. Er hatte den Mut dazu, ich nicht. Diese Schuld nehme ich auf mich. Denn Filippo, der überlegte nicht lange. Als ich zum Wäschewechseln nach Hause kam, war ich stinkwütend, dieser … Abschaum … Er machte sich einen Spaß daraus, die Leute zu provozieren, aber manchmal ging er einfach zu weit! Ich habe mir Luft gemacht, stimmt, ich habe meinen Brüdern davon erzählt, wem denn sonst? Ich habe gesagt, ich würde ihn mit meinen eigenen Händen umbringen, ja, das habe ich gesagt … Sicher habe ich das gesagt. Aber statt dessen habe ich mich hingelegt, ich war so müde, dass ich mich nicht mehr auf den Beinen halten konnte. Elias ging zur Arbeit. Filippo schnitzte an seinen Soldaten. Als ich dann wach wurde, ich schwöre, dass ich keine zwei Stunden geschlafen habe, war ich allein im Haus … Den Rest kennt Ihr ja …«

»Ihr wollt also sagen, Euer Bruder hat … wie soll ich sagen? … die Sache für Euch erledigt …«

»Er kannte mich eben … Er wusste, dass ich es nie fertig gebracht hätte. Er hingegen ließ sich durch Schwierigkeiten nicht aufhalten. Nachdem die Sache mit der Musterung schief gegangen war, blieb er eine Zeit lang hier bei mir, er war ganz ruhig, er war nicht verrückt, Avvocato, der Junge war vernünftiger als wir alle. Was hat er denn vom Leben gehabt? Das, woran ihm am meisten lag, haben sie ihm weggenommen, und wie hat er reagiert? Er hat lediglich gesagt, er würde nicht aufgeben, man hätte ihm versprochen, er könnte es noch einmal versuchen. Und am Ende war er es, der mir Mut gemacht hat … Wie könnt Ihr nur so etwas Schlimmes denken, Avvocato!«

»Man hat ihm etwas versprochen? Wer?«, fragte ich.

»Doktor Fantini, zum Beispiel, der Stabsarzt, der ihn untersucht hat. Filippo hat von nichts anderem geredet, für ihn war er ein Held. Hätten wir ihm sagen sollen, dass Fantini das vielleicht nur so daher gesagt hat, damit die Enttäuschung nicht zu groß war? Filippo war felsenfest davon überzeugt, dass dieser Mensch ihn ins Herz geschlossen hatte, dass er mit seiner Hilfe noch eine Chance bekommen würde … Immer wieder habe ich ihm gesagt, er soll sich keine Hoffnungen machen … Aber dann, eines Abends, als ich ein bisschen später aus dem Garten kam, saß er hier in dieser Ecke auf dem Boden, und ich bekam einen Schreck … Und er …

Als er mich sah, kam er angerannt und umarmte mich, er sagte, der Stabsarzt hätte ihn besucht, erst seit einer halben Stunde sei er weg, steif und fest habe der Mann beteuert, er hätte sich um Filippos Fall gekümmert, ein ärztliches Attest, und alles wäre geregelt. Filippo war bleich, seine Augen waren gerötet, als ob er geweint hätte, er war aufgewühlt, aber … zuversichtlich. Elias sollte mit ihm zu einem renommierten Arzt gehen. Gut, haben wir uns gesagt, schaden kann es nicht, wozu also die Tanten in Sorge versetzen. Und so begann die leidige Geschichte mit dem Doktor …«

»Ich weiß, ich habe mit Professor Pulighed-du gesprochen.«

»Dann wisst Ihr auch, was für schlimme

Dinge er uns da aufgetischt hat, Dinge, an denen nicht das Geringste dran ist …«

»Ihr sprecht von dem … Missbrauch?«

Ruggero Tanchis reagierte auf dieses Wort, als hätte man ihm einen Schlag ins Genick versetzt. »Elias hätte sich beinahe auf ihn gestürzt, so empört war er …«

»Das kann ich mir gut vorstellen.«

»So? Na, wenn Ihr Euch das vorstellen könnt, dann stellt Euch doch mal einen Jungen mit goldenen Händen vor, die Aufmerksamkeit in Person …«

»Ich habe den Eindruck, Ihr habt die Worte von Professor Puligheddu missverstanden … Manchmal benutzt man eben Begriffe, die vielleicht zu gewagt sind … Er hat eine … klinische Hypothese aufgestellt …«

Ruggeros Körper schnellte nach vorn. »Eine Hypothese, meint Ihr?«, fragte er, wobei er einen Stuhl umstieß und auf mich zukam. Ich wich zurück, um ihn auf Abstand zu halten. Das Gesicht des Mannes war das reinste Schlachtfeld. »Solche Dinge sagt man nicht! Hypothesen aufstellen! Das kann man bei Tieren machen, aber nicht bei Menschen! Und Ihr seid auch nicht besser … Kommt hierher und stellt Hypothesen auf, nennt mich einen Mörder, was mir bei diesem Dreckhaufen von Solinas ja egal wäre, aber bei meinem … Bruder …« Heftiges Schluchzen hinderte ihn am Weitersprechen.

»Ich bin doch auf Eurer Seite«, sagte ich und ging zu ihm. »Lasst das ... Damit kommen wir auch nicht weiter ...«

In diesem Augenblick schlug draußen vor dem Haus der Hund an. Das genügte, damit Ruggero Tanchis sich wieder in der Gewalt hatte. Mit wenigen Schritten war er am Eingang, riss die Tür auf. »Wer ist da?«, fragte er ins Dunkel. Dann drehte er sich zu mir um. »Die Kavallerie ist eingetroffen«, sagte er.

»Was denn, waren Sie zufällig in der Gegend?«, fragte ich, während ich zu Maresciallo Poli, der mir nach Predas Arbas gefolgt war, in die Kalesche stieg.

»Ihre geistreichen Bemerkungen können Sie sich sparen! Ich hätte schwören können, dass Sie nicht auf mich hören. Wann begreifen Sie endlich, dass man sich bestimmten Risiken nicht aussetzt? Herrgott nochmal! Ohne ein Wort zu sagen, gehen Sie ins Haus eines Mannes, der vielleicht zwei Morde begangen hat. So geht das nicht, Sie können nicht immer mit dem Kopf durch die Wand ...«

Die Kalesche holperte Richtung Stadt. Der Regen spritzte vom Rücken des Pferdes. Wie Gelatine umgab uns die Finsternis.

»Ach was, Risiko«, kommentierte ich. »Ich habe eine Überraschung erlebt.«

»Und zwar?«

»Einen Menschen, der vom Schmerz überwältigt ist. Echtem Schmerz, Maresciallo. Das Ganze ist ein Irrtum. Wir sind auf dem falschen Dampfer, sage ich Ihnen. Wir müssen noch mal von vorne anfangen.«

Maresciallo Poli steckte den Kopf aus dem Verdeck. »Hört dieser Regen denn nie auf?« Aber das war weniger eine Frage als eine Feststellung.

»Ruggero Tanchis hat niemanden ermordet, Maresciallo«, sagte ich, um zum Thema zurückzukommen.

»Dann hat also Filippo Tanchis doch den Solinas ermordet und Selbstmord begangen. Und wir verlieren hier nur unsere Zeit ...«

»Nein, er hat keinen Selbstmord begangen. Das ist ganz und gar unmöglich. Vielleicht stellen wir Zusammenhänge zwischen zwei Taten her, die gar nichts miteinander zu tun haben.«

»Das hätte ich mir ja denken können: immer die komplizierteste Lösung. Also gut, was haben wir? Einen Jungen mit gewissen ... Problemen, der sich am Tatort eines Mordes aufhielt: Zufall?«

»Lassen wir die Sache mit Solinas doch mal einen Augenblick außer Acht; vielleicht hat der ganze Schlamassel mit einer früheren Geschichte zu tun ...«

»Und zwar?«

»Der Missbrauch an Filippo Tanchis, Maresciallo! Da hat meiner Meinung nach alles seinen Ursprung. Angeblich glauben die Brüder kein Wort davon, aber der Zweifel nagt an ihnen, und wie …«

»Gut, ich versuche, Ihnen zu folgen. Auf der einen Seite haben wir die Sache mit Solinas, nehmen wir mal an, Tanchis hat sich ein Stündchen Ausgang genehmigt, ohne Aufsicht, und ist in einen Mordfall hineingeraten… Außerdem war da noch der Missbrauch, immer vorausgesetzt, dass da überhaupt was war… Aber wie hängt all das mit seinem Tod im Gefängnis zusammen? Hätte er doch wenigstens Selbstmord begangen, sapperlot!«

Daran war nicht zu rütteln, darauf konnte ich nichts erwidern. Alles falsch. Die Kalesche ächzte über die Schildkrötenpanzer.

»Halten Sie an, ich bin da.«

»Gute Nacht, Avvocato, schlafen wir eine Nacht darüber, morgen sehen wir dann weiter …«

Die erste Stufe knarrte. Im Traum saß dort mein Vater: »Viel zu früh bin ich von euch gegangen. Fast hätte ich nicht mehr erlebt, wie du laufen gelernt hast«, sagte er. Dann senkte er den Kopf und zog die Schultern hoch. »Trotzdem, ich beschwere mich nicht, ich habe mir nichts vorzuwerfen, Gott sei Dank fehlt es euch an nichts, dir und deinem Bruder und deiner Mutter.«

»Ja, uns fehlt es an nichts, aber Ihr habt Recht, Ihr seid viel zu früh gegangen …«

In meinem Traum setzte mein Vater den Hut ab. Er war noch jung, und ich ein fünfjähriges Kind. »Wo wart Ihr, als der Tod Euch ereilte?«, fragte ich.

»Auf dem Meer«, sagte er. »Gleich vor dem Hafen von Livorno. Eine schlimme See, mein Sohn. Zwei Tage schlimme See. Und Regen, dass man die Hand vor Augen nicht sah. Wie jetzt.« Mit dem Finger deutete er auf irgendeinen Punkt draußen vor dem Haus. »Da war nichts zu machen. Aber auch gar nichts. Es passierte einfach so. Ohne Vorankündigung, ich hörte nur, wie mir das Herz in der Brust zersprang. Ich fiel. Kein Arzt weit und breit …«

Es war mein eigener Schrei, der mich weckte.

Keuchend lag ich da. Draußen, jenseits der Deckenbalken niesten die Wolken und kollerten dazu. Ein Getuschel von Riesen, die das Schicksal dieses Fleckchens Erde auswürfelten.

Ich zündete ein Streichholz an und sah auf das Zifferblatt des Weckers. Drei Uhr. Dann wurde es vier, und die Riesen begannen einen Kampf mit schallenden Ohrfeigen, die das Haus bis auf die Grundmauern erzittern ließen.

Ich hörte, wie meine Mutter in die Küche hinunterging. Als ich dazukam, fachte sie gerade die Glut im Kamin an.

»Könnt Ihr auch nicht schlafen?«, fragte ich.

»Wie soll man denn schlafen, in so einer Nacht?«, sagte sie, ohne ihre Arbeit zu unterbrechen.

Jetzt schweigt meine Mutter und starrt auf den rötlichen Schein, der sich vom Kamin her ausbreitet wie ein geflüstertes Gebet. Jung ist Raimonda, glatte Haut, schwarzes Haar. Sie hat sich auf einen geflochtenen Hocker gesetzt und wartet dort, die Handflächen der Wärme zugewandt. Die Müdigkeit jagt ihr plötzliche Schauder über den Rücken. Draußen lärmt der Regen wie ein gigantisches Bacchantengelage mit Rasseln und Kastagnetten. Raimonda hat sich ganz klein gemacht, ein dunkler Kokon, der im Licht der Flammen glänzt wie eine Gemme aus Obsidian.

Ich sitze da und schlafe mit offenen Augen, als würde ich aufs Frühstück warten. Ich bin fünf Jahre alt. Wir reden nicht miteinander, ich und meine Mutter, unser Schweigen bildet den Kontrapunkt zum ohrenbetäubenden Lärm von draußen. Ich lausche auf dieses traurige, konzentrierte Schweigen.

Mein Bruder schläft, das Gewitter hat ihn nicht geweckt.

Mein Vater kommt in die Küche herunter. Er ist gekleidet wie einer vom Festland, mit Weste, den Mantel hat er über den Arm gelegt.

Die Abreise steht bevor: Mit der Kutsche bis Terranova, dann per Schiff übers Meer nach Livorno. Alles ist bereit: ein größerer Lederkoffer für die Wäsche, ein kleinerer für die Akten. Und ein Paket mit Proviant.

Erst als mein Vater den Mantel anzieht, steht Raimonda auf und geht zu ihm. »Geh mit Gott«, flüstert sie und legt ihm die warme Hand aufs Gesicht. Dann greift mein Vater nach dem großen Koffer und geht zur Tür, um sich vom Regen verschlucken zu lassen. Meine Mutter folgt ihm mit dem kleinen Koffer und dem Paket. Als sie fast schon an der Tür sind, stellt er das Gepäck ab und kommt zu mir. Er stellt sich hinter mich, fährt mir mit der Hand durchs Haar, dann gibt er mir einen Kuss auf den Nacken. »Bustià, geh schlafen, es ist noch früh«, sagt er.

In diesem Augenblick wusste ich, dass er nicht mehr wiederkommen würde.

Hinter ihm schließt sich die Tür. Raimonda setzt sich wieder hin. Sie schnieft, um die Tränen zurückzuhalten. Möglich, dass auch sie es weiß. »Hast du nicht gehört, was dein Vater gesagt hat?«, murmelt sie plötzlich. »Geh ins Bett, du kannst noch zwei Stunden schlafen.«

Ich ging wieder ins Bett. Und fiel in einen schweren Schlaf … Ich träumte … Alles erbebte, erbebte wirklich. Schlag auf Schlag, das gewaltige Schlagen eines gewaltigen Herzens über mir. Schon tropfte es auf meine Kleider, auf meine Hände, bald würde es platzen. Ich war erst fünf und ganz allein. Aus einer Schlucht schaute ich hinauf zu diesem berstenden Blutbeutel über mir. Und unten das Meer. Fette Spritzer trafen mein Gesicht und meine Hände. Blut. Himmelsblut …

Der königliche Staatsanwalt sah mich an, als wäre ich vollkommen übergeschnappt. »Exhumierung?«, fragte er noch einmal.

»Um die Sache abzukürzen, habe ich mich entschlossen, mich direkt an Sie zu wenden. Eine Genehmigung von Ihnen, und wir würden nicht noch mehr Zeit verlieren.«

»Also, wenn ich recht verstanden habe, soll ich die Exhumierung und Öffnung der Leichen von Salvatore Solinas und Filippo Tanchis anordnen, weil Sie den Fall partout wieder aufrollen wollen. Arbeitet man hierzulande so? Gibt es nicht genug Fälle, mit denen man sich beschäftigen könnte?«

»Das ist es ja gerade, ich gehe davon aus, dass die fraglichen Fälle keineswegs abgeschlossen sind. Erstens habe ich hier die unterschriebenen Aussagen von Professor Puligheddu und dem Gefängniswärter Carrus. Zweitens habe ich Nachforschungen über Charakter und Lebenswandel des Solinas anstellen lassen. Und drittens kann Filippo Tanchis sich nicht selbst getötet haben, das ist eine offensichtliche, unwiderlegbare, unabänderliche Tatsache.«

»Ich habe schon gehört, dass Sie ein harter Brocken sind«, stellte der Staatsanwalt nach kurzem Schweigen fest. »Aber man hat mir auch gesagt, Sie seien ein kultivierter Mensch, der in dieser Gegend Einfluss hat. Man hat mir gesagt, Sie schrieben für die Zeitungen.«

Ich nickte.

»Nun, wie Sie sicher verstehen werden, befinde ich mich in einer schwierigen Lage. Ich brauche jede erdenkliche Unterstützung. Die Zeiten sind nicht leicht, da zählt ein gutes Wort. Es ist Gold wert, lieber Avvocato. Ich will nicht um den heißen Brei herum reden: Wenn Sie mich unterstützen, dann hören die Zeitungen vielleicht auf, über mich herzufallen.«

»Sie überschätzen mich«, wich ich aus. »Aber ich möchte ebenso deutlich sein wie Sie: Wenn dies der Preis für Ihre Unterschrift ist, bleibt mir keine andere Wahl.«

Der Staatsanwalt lächelte. »Wir machen hier keinen Kuhhandel, Avvocato. Betrachten Sie es eher als ein Arrangement, von dem wir beide etwas haben. Ich brauche Sie, Sie brauchen mich …«

»Wie haben Sie das bloß geschafft?«, fragte Maresciallo Poli, während wir auf den Bescheid des Gerichtsmediziners warteten.

»Wir haben uns arrangiert«, antwortete ich nur.

»Heute Nachmittag treffe ich mich mit einem der Gefängniswärter, die in der Nacht, als Tanchis starb, Dienst hatten. Ich habe mir den Namen notiert«, sagte er und kramte in den Taschen. »Aha: Ruju, Cosimo Ruju«, erläuterte er. »Es hat ein bisschen gedauert, bis ich ihn zu einem Gespräch überreden konnte, Sie wissen ja, dass ich ihn nicht zwingen kann. Ich musste ihm drohen«, teilte mir der Maresciallo mit.

»Und der andere?«, fragte ich.

»Der andere?«, fragte der Maresciallo zurück.

»Ja, der andere Gefängniswärter, der in jener Nacht Dienst tat, wie hieß er noch gleich?«

»Meinen Sie Fois?«

»Hm, kann sein.«

»Ach … der!«, rief Poli und ordnete seine Gedanken. »Der hat nur im Geiste Dienst getan, sein Körper lag im Magazin und schlief. Der reine Irrsinn.«

Wir wurden von Doktor Camboni, dem Gerichtsmediziner, unterbrochen, der wie eine Furie aus einem Zimmer am Ende des Korridors geschossen kam. »Wer hat den Totenschein für diesen Solinas unterschrieben?«, rief er, noch bevor er uns erreicht hatte. Nervös wedelte er mit der inkriminierten Urkunde. »Das müsse ein Verrückter unterschrieben haben!«, kreischte er. Als er bis auf zwei Schritt herangekommen war, sah ich ihn fragend an. »Wer ist dieser Fantini?«, fragte er und deutete auf das Gekritzel unten auf der Urkunde.

Maresciallo Poli riss die Augen auf. »Der Stabsarzt?«, fragte er mich leise.

Ich nickte kurz. »Würden Sie uns das bitte erklären«, bat ich Doktor Camboni.

»Da gibt's nicht viel zu erklären: Tod durch Infarkt und Tod durch Erwürgen sind nun wirklich zwei grundverschiedene Dinge!«

»Und was wollen Sie damit sagen ...?«, fragte Maresciallo Poli zaghaft.

»Guter Mann! Damit will ich sagen, dass Salvatore Solinas gar nicht erwürgt wurde, wie in diesem Gutachten behauptet wird!«, sagte Camboni barsch.

»Und ... was ist mit dem anderen?«, schaltete ich mich ein.

Camboni sah zu Boden. »Tanchis weist verdächtige Risswunden in der Dammgegend auf, ich kann es nicht mit absoluter Gewissheit sagen, aber was Sie da bezüglich gewisser Praktiken vermuten ... Also, das ist absolut wahrscheinlich. Was die Todesursache betrifft, bestehen kaum Zweifel. Der rechte Puls ist in Querrichtung aufgerissen, der linke in Längsrichtung entlang der Hauptschlagader. Rechts hat er mehr Blut verloren als links.«

Maresciallo Poli schlug sich mit der Hand auf den Schenkel. »Verdammt!«, zischte er. »Dafür soll er mir bezahlen …«

»Wir müssen die Ruhe bewahren«, sagte ich, als wir wieder in der Kaserne waren.

»Ruhe bewahren?«, brüllte der Maresciallo. »Wissen Sie eigentlich, worum es hier geht?«

»Das weiß ich sehr wohl: Wir haben in ein Schlangennest gestochen. Und jetzt kommt es vor allem darauf an, sorgfältig zu planen und die Familie von Filippo Tanchis aus allem herauszuhalten, zumindest vorläufig. Es ist nicht unbedingt erforderlich, sie über alles auf dem Laufenden zu halten. Finden Sie nicht?«

»Ich bin einverstanden«, stimmte Maresciallo Poli zu und versuchte, die Ruhe zu bewahren. »Was schlagen Sie vor?«

»Ganz einfach«, sagte ich. »Alles läuft wie geplant: Sie befragen den Gefängniswärter, diesen Ruju, und lassen sich sagen, ob der Stabsarzt Filippo Tanchis im Gefängnis besucht hat. Als Amtsträger brauchte er nicht zu unterschreiben.«

Bei dieser Feststellung knirschte Maresciallo Poli mit den Zähnen. »Und Sie?«, fragte er mich.

»Ich will mich auf die Begegnung mit unserem Stabsarzt vorbereiten …«

Auf dem Telegraphenamt arbeitete ein Vetter von mir. Den Umgang mit dem Metallticker, der Striche und Punkte auf einen Papierstreifen zeichnet, hatte er bei der Armee gelernt.

Ich saß auf glühenden Kohlen.

Mein Vetter sah mich mit erwartungsfrohem Lächeln an. »Die Antwort braucht ihre Zeit, die in Rom haben die Ruhe weg ... Erst wenn es denen passt«, sagte er, um die Zeit zu füllen.

Eine gute Stunde geschah nichts, doch schließlich begann der Ticker, nach dem Streifen zu picken.

Mein Vetter, der gleich mitlas, runzelte die Augenbrauen. »Oberst Prevosti lässt dich grüßen und erinnert dich an dein Versprechen, ihn in Rom zu besuchen. Du bist sein Gast. Was den Stabsarzt Riccardo Fantini betrifft, der ist von Turin an das Kommando in Sassari beziehungsweise die Dependance in Nùoro strafversetzt worden, aus Gründen, die der Geheimhaltung unterliegen. Er genießt die Protektion höchster Stellen und ist nur deshalb nicht vors Kriegsgericht gekommen, weil General Manunzio eingegriffen hat. Er grüßt dich. Er wiederholt, dass er dich in Rom erwartet. Hast du irgend etwas davon verstanden?«, fragte er mich, während er sich den Papierstreifen um die Hand wickelte.

Ich nickte. »Ich habe verstanden, dass es bei uns offenbar nicht ganz so schlimm ist wie im Militärgefängnis.«

Mein Vetter tat, als wäre dies eine erschöpfende Auskunft.

Riccardo Fantini war ein Durchschnittsmensch, nur der Kopf war vielleicht ein bisschen zu groß für seine schmalen Schultern. An der Stirn begann sich das kastanienbraune Haar vorzeitig zu lichten.

Er empfing mich in seinem Behandlungszimmer in den Räumen der Militärverwaltung.

»Ich komme gleich zur Sache«, eröffnete ich das Feuer. »In meiner Eigenschaft als gesetzlicher Vertreter von Filippo Tanchis, der des Mordes an Salvatore Solinas, bekannt unter dem Spitznamen Bobore, angeklagt war und der, wie Sie sicher wissen, letzte Woche im Gefängnis gestorben ist …«

»Ich dachte, der Fall wäre zu den Akten gelegt«, schoss Fantini zurück.

»Der königliche Staatsanwalt hielt es für angebracht, damit noch ein wenig zu warten und die Erlaubnis zur Exhumierung und Autopsie des verstorbenen Solinas zu geben. Dies ist auch der Grund, warum ich mir erlaube, Sie zu behelligen …«, gab ich mich friedfertig.

Stabsarzt Fantini setzte ein ungläubiges Lächeln auf. »Ich verstehe nicht …« Er versuchte, Zeit zu gewinnen.

»Die Sache ist ganz einfach«, sagte ich mit Nachdruck. »Aus den Unterlagen geht hervor, dass Sie den Totenschein für besagten Solinas ausgestellt und als Todesursache angegeben haben, dass er erwürgt wurde.«

»Ja, stimmt, ich kam zufällig ein paar Minuten nach dem Verbrechen am Tatort vorbei, der Junge stand da, der andere lag am Boden, ich hielt es für meine Pflicht zu helfen, schließlich bin ich Arzt und habe den hippokratischen Eid geleistet, doch für den Mann am Boden kam jede Hilfe zu spät. Er war blau angelaufen, und der Junge wiederholte unentwegt, dass er ihn umgebracht habe. Dementsprechend zog ich meine Schlüsse«, sagte er eindringlich, als wäre damit alles gesagt.

»Tja, nun hat die Autopsie aber ergeben, dass Solinas an einem Herzinfarkt gestorben ist«, legte ich nach.

»Das erscheint mir absolut plausibel; dessen ungeachtet verstehe ich nicht, was Sie zu mir führt.«

»Es gibt mehrere Gründe. Gewiss haben Sie in gutem Glauben gehandelt, als Sie die Schlussfolgerung zogen, Solinas sei erwürgt worden. Es wäre die Aufgabe der zuständigen Ermittlungsbehörden gewesen, dies zweifelsfrei festzustellen. Dennoch werden Sie mir zugestehen, dass die Meinung eines Militärarztes in derartigen Fällen ein gewisses Gewicht hat.«

»Dafür bin ich nicht verantwortlich, Avvocato. Die anderen hätten das überprüfen müssen ...«

»Ich sprach von mehreren Gründen. Einer ist besonders bizarr: Soweit ich weiß, kennen Sie doch den fraglichen jungen Mann, den mutmaßlichen Mörder, trotzdem kommt es mir so vor, als würden Sie von ihm wie von einem Unbekannten sprechen.«

Das Gesicht des Stabsarztes lief plötzlich knallrot an. »Was wollen Sie damit sagen?«, brüllte er fast. »Mit Verlaub, es handelte sich um einen Patienten, einen Menschen mit schweren psychischen Störungen. Das war doch ein Grund mehr, von einem Mord auszugehen! Aber wie dem auch sei, über meine Patienten pflege ich nicht zu diskutieren!«

»Nicht mal über die toten?«

»Nicht mal über die.«

»Ich will nur wissen, ob Sie auch nach der Musterung, bei der er für untauglich erklärt wurde, sagen wir: Kontakt zu meinem Mandanten hatten. Sie haben ihn doch für untauglich erklärt, stimmt's?«

»Stimmt. Er erfüllte gerade so eben die körperlichen Anforderungen und wies unübersehbare Anzeichen psychischer Verstörtheit auf. Was das andere betrifft, so ist die Antwort: Nein. Nach der Musterung habe ich ihn nicht mehr gesehen, erst vor einigen Monaten neben der Leiche von diesem Solinas.«

»Wirklich nicht?«, fragte ich, wobei ich vier Ulanen in Reih und Glied betrachtete, die deutlich sichtbar in einem Glasschrank für Arzneimittel ausgestellt waren. Keine der Figuren war bemalt, und eine war noch gar nicht fertig geschnitzt.

»Worauf wollen Sie eigentlich hinaus?«, fragte der Stabsarzt heiser.

»Ich will auf eine Zelle im Rotonda-Gefängnis hinaus, in der ein verzweifelter Junge eingesperrt ist, der nichts getan hat, was seine Inhaftierung rechtfertigen würde; verstört, wie Sie sagen, ist er, gewiss … Ein Junge, dem man Versprechungen gemacht hat, die nicht eingehalten wurden … Und … dem Aufmerksamkeiten zuteil wurden, denen er sich nicht entziehen konnte. Und der dann von jemandem ermordet wurde, der das Gefängnis betreten konnte, ohne sich im Besucherverzeichnis eintragen zu müssen.«

»Ermordet?« Der Stabsarzt wurde ganz kleinlaut. »Sie sind verrückt! Ich werde mich an höchster Stelle beschweren, an allerhöchster Stelle!«

»Tun Sie das, das Risiko gehe ich ein, aber

es ist nicht gesagt, dass General Manunzio noch einmal etwas für Sie tun kann.«

Fantini sank auf seinem Stuhl zusammen wie ein leerer Sack. »In Ordnung! Ich habe ihm ein Messer und Holz in die Zelle gebracht, damit er seine Soldaten schnitzen konnte, er hat mir versprochen, nur nachts zu arbeiten. Natürlich tat er mir Leid, der Fall hat mich gerührt.«

»Gerührt ...«, wiederholte ich. »Und da haben Sie ihn also in der Zelle besucht.«

»Das habe ich nicht gesagt! Ich bin dieses eine Mal hingegangen, wegen des Messers.«

»Und Sie sind nicht noch einmal dort gewesen, zum Beispiel an dem Abend, als Filippo Tanchis starb?«

»Nein! Das habe ich doch schon gesagt, ich bin nicht noch mal hingegangen!«

»Und in Predas Arbas? Sind Sie vor dem *Mord* nicht in Predas Arbas gewesen? Der Bruder ist bereit zu bezeugen, dass Sie dort waren ...«

Der Stabsarzt hielt sich die Ohren zu, um sich vor diesem Hagel von Fragen zu schützen.

»Was ist in Predas Arbas passiert?« Ich musste meinen Vorteil ausnutzen. »Vielleicht das Gleiche, was Ihre Versetzung aus Turin verursacht hat? Ich habe vergessen, Ihnen zu sagen, dass ich die Genehmigung zu einer zweiten Autopsie erreicht habe ...«

Riccardo Fantini begriff. Vollkommen. Er gab jeden Widerstand auf. Nun wirkte er plötzlich ruhig, er lächelte fast. Rasch griff er nach seiner Dienstpistole und richtete sie auf mich.

»Das ist keine Lösung.« Ich sprach zu ihm, wie ich zu Filippo Tanchis gesprochen hätte, wenn ich ihn gekannt hätte.

Noch einmal lächelte Fantini mich an. Dann stürzte er sich auf mich, stieß mich beiseite und rannte zur Tür. Aus dem Augenwinkel sah ich ihn hinauseilen. Ich folgte ihm. Er rannte auf die große Treppe zu, die zu den oberen Geschossen führte. Schon nach wenigen Schritten war ich außer Atem.

Er hatte einen Treppenabsatz Vorsprung. Er blieb stehen, um nachzusehen, ob ich ihm auf den Fersen war, aber da bestand keine Gefahr, zehn Meter, und ich schnaufe wie eine Lokomotive. Außerdem war diese Verfolgung sinnlos, und auch deshalb blieb ich atemlos stehen. Fantini drehte sich um, das sagte ich gerade, um nachzusehen, ob ich noch hinter ihm her war, und sah, dass ich ein paar Meter unterhalb vollauf mit Keuchen beschäftigt war. Sein Gesicht, das mich jede Nacht begleiten wird, war von einem furchtbaren Zucken entstellt, wie das Gesicht einer Katze, die im

Genick gepackt wird. Über uns wölbte sich die blaue Decke des Treppenhauses wie der Himmel einer Weihnachtskrippe. Fantini drehte mir wieder den Rücken zu, ich dachte, er würde seine Flucht fortsetzen, ich hatte sowieso schon beschlossen, ihn laufen zu lassen …

… Doch dann hörte ich den Schuss, dann sah ich die Explosion, dann ergoss sich ein Schwall von Blut und Hirnmasse über mich, ich konnte gerade noch mein Gesicht mit den Händen schützen.

Ich schrie wie in jener Nacht vor vielen Jahren, als ich noch ein Kind war. Ein fünfjähriges Kind.

Als ich zu mir kam, war ich wieder ich, mit all meinen zweiunddreißig Jahren. Das begriff ich augenblicklich.

Clorindas Gesicht füllte den ganzen Raum vor meinen halb geschlossenen Augen, und wenn ich es recht bedenke, war ich mir sicher, dass sie all die Zeit, in der mein Leben wie bei einem Ertrinkenden an mir vorbeigezogen war, da gewesen war, um meine Hand zu halten. Ich versuchte etwas zu sagen, doch meine verklebten Lippen brachten kein Wort heraus.

Mit etwas Anstrengung, sagte ich mir, könnte ich die Augen öffnen. Ich tat es, und im gleichen Augenblick löste sich Clorindas Gesicht in Luft auf, als wäre es derart flüchtig, dass ein Wimpernschlag genügte, damit es verschwand. Und wirklich, es verschwand.

»Bustià …« Das Gesicht meiner Mutter war fahl, als hätte sie den Tod gesehen. »Du hast das Bewusstsein verloren«, erklärte sie mir, als sie sah, dass ich langsam wieder in die Wirklichkeit zurückkehrte.

Erst als ich mich aufzusetzen versuchte, merkte ich, dass ich in meinem Zimmer war.

Doktor Orrù, der keinen Kittel trug, setzte ein Lächeln auf. »Alles bestens«, munterte er mich auf. »Er hat sich nur fürchterlich erschreckt.«

»Fürchterlich erschreckt haben wir uns!«, sagte Maresciallo Poli, der den Kopf ins Zimmer steckte. »Avvocato, wegen Euch bekomme ich noch graue Haare!«

Ich fuhr mir mit den Händen übers Gesicht. Die Haut war trocken und sauber, mit Äthylalkohol abgewischt. Ich betrachtete meine Hände. Sie waren blendend weiß und strahlten mehr als die Bettlaken.

»Dann kann ich jetzt gehen«, sagte Orrù. Er wandte sich direkt an meine Mutter. »Für den Fall, dass er sich nachts aufregt, lasse ich den Absinth hier, aber gebt ihm nicht zu viel davon. Nicht mehr als einen Kaffeelöffel mit viel Zucker, verstanden?«

Mittlerweile ist etwas Zeit vergangen, und dieser Fall, der keiner war, dieser Mord, der nicht stattgefunden hat, hat Gestalt angenommen.

Während ich bei Riccardo Fantini war, hatte Maresciallo Poli mit Cosimo Ruju gesprochen, dem Gefängniswärter, der in der Nacht von Filippos Tod Dienst hatte. Es war nicht leicht, ihn zum Reden zu bringen. Erst als Poli zum Äußersten griff und ihm wegen Vernachlässigung seiner Dienstpflichten eine Gefängnisstrafe in Aussicht stellte, packte Ruju aus.

Er hatte dem Stabsarzt eines der Messer, die man in der Zelle gefunden hatte, sowie die noch unfertigen Figürchen ausgehändigt und damit den Ermittlungsbehörden wichtige Beweismittel unterschlagen. Der Junge, sagte Ruju, habe ihn ein paar Stunden, bevor er tot aufgefunden wurde, ausdrücklich darum gebeten. Er habe ihm das Messer gezeigt, das er dem Doktor Fantini zurückgeben sollte. Unter anderen Umständen, so Ruju, hätte er keine Sekunde gezögert, das Messer zu beschlagnahmen, doch da ausgerechnet der Militärarzt es dem Jungen gegeben hatte, habe er gedacht, dass dieser

Tanchis zwar ein wenig seltsam, aber nicht gefährlich sei. Und tatsächlich, meinte er, habe er ja niemandem etwas getan, nur sich selbst. Jedenfalls hatte Filippo ihn an jenem Nachmittag gebeten, das Messer zurückzugeben, falls er sterben würde. Ruju hatte nur genickt, wie man es bei Verrückten tut. Und er hatte Filippo ermahnt, er solle aufpassen, was er mit diesem Messer anstelle, er wolle keine Scherereien; wenn Doktor Fantini die Verantwortung dafür übernehme, sei es ihm gleich, aber von Messern wolle er nichts wissen. Er habe noch zu Filippo gesagt: Ich habe dieses Messer nie gesehen, klar? Doch der habe nicht locker gelassen, und Ruju musste es ihm schwören.

Maresciallo Poli fuhr auf. »Und was ist mit der Selbstmordgefahr?«, brüllte er. Aber mit Ruju über Selbstmord zu sprechen, war, als würde man in den Wind reden, dieses Wort hatte er im Leben noch nicht in den Mund genommen. Zwar hatte er schon viele gesehen, die man im Gefängnis umgebracht hatte, aber die Vorstellung, dass ein Mensch sich selbst das Leben nehmen könnte – die ging über seinen Horizont.

Völlig absurd, diese Rückerstattung post mortem, dachte Maresciallo Poli bei sich, für einen solchen Auftrag hätte man wahrlich keinen Besseren finden können als den Gefängniswärter Ruju. Mit allen Wassern gewaschen, dieser Tanchis, dachte Poli bei sich.

So war also dieser Schwur, der ursprünglich nur gegeben wurde, um einen Verrückten ruhig zu stellen, zu einem unauflöslichen Band geworden. Was hätte ich denn tun sollen? fragte Ruju. Er hatte es geschworen. Er hatte sein Wort gegeben. Und der Wunsch eines Toten ist hierzulande Gesetz. Der Schwur, den man einem Sterbenden leistet, gilt mehr als ein Brandzeichen. Denn als Toter bist du wer, selbst wenn du im Leben nur ein armer Schlucker warst. Also hatte Ruju sein Versprechen eingelöst. Schließlich wollte er sich nicht mit Gewissensbissen plagen, er wollte ruhig schlafen und sein einfältiges Gewissen nicht belasten, selbst wenn er dafür gegen die Gefängnisordnung oder das Strafgesetz verstoßen musste. Selbst um den Preis, einem größeren Übel Vorschub zu leisten.

Poli konnte kaum glauben, was er da mit eigenen Ohren gehört hatte. Ruju stand vor ihm und hatte nicht die geringste Ahnung von dem Schlamassel, in den er geraten war.

Es gibt keine andere Möglichkeit, sagte Poli: Entweder du kündigst auf der Stelle, oder du wanderst ins Gefängnis. Nicht ohne einen Anflug von Ungläubigkeit machte Ruju sein Kreuz unter ein weißes Blatt Papier, das der Maresciallo in diesem Sinne auszufüllen versprach.

»Das haben Sie gut gemacht«, lobte ich ihn. »Bedenken Sie seine Lage: Für einen Menschen wie Ruju könnte das Zuchthaus mehr Probleme schaffen als lösen. Schauen Sie, der ganze Fall ist doch voller Probleme, bei denen man nicht allzu genau sein sollte«, sagte ich, und mir wurde bewusst, dass auch ich Poli etwas verschwiegen hatte, nämlich dass Clorinda ein Messer ins Gefängnis geschmuggelt hatte. »Jedenfalls liegt der Schlüssel zu allem in der Tatsache, dass Filippo Tanchis zwei Messer zur Verfügung hatte.«

»Genau, dieses zweite Messer kann ich mir einfach nicht erklären …«

»… Das spielt jetzt auch keine Rolle mehr.« Ich wiegelte ab, auch ich wollte meinem Gewissen einen Gefallen tun.

Zwei Messer also: das eine, das Clorinda ins Gefängnis gebracht hatte und das neben der Leiche gefunden wurde; und das andere, das Fantini ins Gefängnis gebracht hatte und das von Ruju unterschlagen worden war. Nun gab es also zwei Morde, die keine waren. Den an Solinas, der an Herzversagen gestorben war, und den an Filippo Tanchis, der sich umgebracht hatte. Die Geschichte war so geradlinig, dass sie unentwirrbar schien.

Filippo Tanchis hatte sich mit zwei Messern umgebracht, einem pro Handgelenk. Das erste hatte er in einen Riss im Fußboden geklemmt, das zweite hatte er ganz normal benutzt. Und er hatte seine Sache gewissenhaft gemacht. Mit der linken Hand hatte er das rechte Handgelenk aufgeschlitzt, dann hatte er sich das andere Messer, das mit dem Griff im Boden steckte, in das linke Handgelenk gerammt. Keine Flecken auf der Hose also. Keine Flecken auf dem Hemd. Kein gar nichts.

Nur für Maresciallo Poli war diese alltägliche Geschichte aus falschen Fährten, Halbwahrheiten und Irrglaube immer noch unentwirrbar.

Wir einigten uns auf die folgende Version: Filippo Tanchis hatte sich das Leben genommen, weil er jede Hoffnung verloren hatte, das Einzige zu erreichen, wofür zu leben es sich seiner Meinung nach lohnte. Dafür hatte er sogar ertragen, was der Stabsarzt von ihm verlangt hatte. Nach der Musterung war Fantini immer zudringlicher geworden, und rasch hatte er sich dem Jungen als das gezeigt, was er war: einer, der nahm, aber nicht die Absicht hatte zu geben. Solinas' Tod an jenem

Abend, an jenem Ort, war nur eine weitere Laune des Schicksals, das sich einen Spaß daraus machte, etwas zu komplizieren, das unendlich einfach war.

Nun ging es nur noch darum, Ordnung in einen durcheinander geratenen Stoß Akten zu bringen.

Wir hatten den Jungen unterschätzt, das war der Fehler. Filippo hatte alles bis aufs i-Tüpfelchen geplant, die richtigen Leute und den richtigen Zeitpunkt gewählt, er hatte einen unmöglichen Selbstmord inszeniert und uns dahin gebracht, wo er uns haben wollte … Dass der Schuldige sich selbst gerichtet hatte, schien als Wiedergutmachung ausreichend, und selbst Poli pflichtete bei, dass alle Akten der Welt nicht ausreichen würden, um das Unerklärliche zu erklären.

»Legen wir den Fall zu den Akten«, sagte er. »Hier und jetzt. Sie wollen ja wohl nicht, dass ich den Eingeborenen Spanisch beibringe!«

Ich starrte ihn an. Mir fehlten die Worte.

Es hat aufgehört zu regnen. Die Luft ist elektrisch aufgeladen und lässt mir keine Ruhe. Auf dem Boden kriechen die Schnecken, überall schießen Wiesenchampignos hervor.

Ich bin zu Hause auf dem Gipfel meines Hügels. Gierig atme ich den Geruch des Sauerklees ein und hätschele meine Unruhe wie etwas, das besänftigt werden will. Mein Kopf ist voller Verse, aber ich weiß, vor dem leeren Blatt Papier wird mich die gleiche ohnmächtige Wut erfassen wie damals als Kind, wenn mein Kopf so voller Worte war, dass ich nur eins tun konnte, nämlich schweigen. Welch ein Schweigen, ein Schweigen voller unausgesprochener Worte!

Wie die Landschaft vor meinen Augen, die still daliegt und doch fieberhaft arbeitet.

Sie und ich, wir haben uns nichts zu sagen. Keine Botschaft aus den Bergen, aus den Tälern.

Noch vor ein paar Tagen waren Wald und Macchia ein einziger heiserer Schrei um Hilfe. Noch vor ein paar Tagen war die Luft voller Vögel wie eine riesige Platane. Jetzt aber ist der Himmel so klar, dass es scheint, als würde er von einem Augenblick zum anderen auf mich hinabsinken.

Friede. Die Pflanzen sind satt, die Vögel trocknen ihr Gefieder, die Maulwürfe treiben trockene Stollen.

Ein horizontaler Friede, das Azurblau am Horizont scheint eine Kreidespur im Nichts. Die Wolken sind weitergezogen. Die Farben sind wieder Farben, und die Blätter an den Zweigen führen den Appell durch, sie rufen sich mit Namen und antworten: Anwesend, wie junge Rekruten, die nicht wissen, welchem Inferno sie entronnen sind, und doch wissen, dass sie noch mal davongekommen sind.

Friede. Für die, die noch da sind, und für die, die nicht mehr da sind. Denn das Leben ist nichts anderes als der Versuch innezuhalten, sich in aller Eile für den Stillstand zu wappnen.

Und so stehe ich auf, bringe jenem Schweigen meine Qual als Opfer dar.

Ich gebe mein Schweigen, damit eine Liebe entstehen kann. Clorinda ist mein Geheimnis. Um ihretwillen schweige ich. Clorinda, die glaubt, ihr Neffe sei ermordet worden, und die deshalb ruhig schlafen kann. Und die deshalb vielleicht von mir träumt.

Auf dem Heimweg werde ich unter ihrem Fenster vorbeigehen. Schweigend.

Nùoro, Juli 1989 – Bologna, Januar 1999